Bilder aus Deutschland

Herstellung und Verlag:
BoD - Books on Demand, Norderstedt
ISBN 978-3-7357-3279-8

Eine Kindheit und Jugend im 20. Jahrhundert

Von Klaus Grunenberg

Für meine Frau, meine Kinder und Enkel

Einleitung

Das ist die abenteuerliche Geschichte eines Kindes im verdämmernden Deutschland der Jahre 1942 bis 1946 und darüber hinaus. Sie berichtet über eine als wunderschön empfundene frühe Kindheit, über eine chaotische Vertreibung und über die sichere Zeit in einem katholischen Heim bis weit hinein in eine neue unsichere Wirklichkeit der Aufbaujahre nach dem zweiten Weltkrieg. Die Ereignisse erscheinen mitunter schemenhaft und wurden jetzt aufgeschrieben, um sie in einzelnen Bildern zu schildern. Unvermeidlich, dass ab und zu der Eindruck entsteht, als läge Nebel über allem, doch der helle Schein des Erlebten gibt der Wahrheit oft Futter.
Diese Neuauflage enthält ein neugestaltetes zehntes Kapitel („Zehntes Bild"), in dem sich die Zukunft erschreckend aktuell mit der Vergangenheit spiegelt.

Prolog

Den Heimatlosen tragen Traumes-Wellen und legen sorgsam sich an seine Seite,
Um dann im Traum wie wandernde Gesellen die Ruhe ihm zu bringen aus der Weite.

Und näher kommen Haus und Feld, der See, die Mutter und die wunderschöne Stadt,
Ein Birkenwald wird sichtbar, dann der Strom, der singt und eine grüne Stimme hat.

Vorgestern Nacht erst war ich wieder da, es neigte sich mein Blick der Heimat zu,
Dort, wo noch blüht die alte Herrlichkeit, und wiegte mich und gab mir schöne Ruh.

So wie ein Vogel war ich in der Luft, so leicht und froh und unwahrscheinlich frei
Und flatterte bald über unserm Haus und sah die Kindheit, Frühling und den Mai.

Wie traut das Ganze mir, die Menschen dort am Ort und auch das Kind,
Das neben seinem Vater läuft, so wie als Kind an seiner sich`ren Hand auch ich.

Erstes Bild

(Wie das Kind mit Bleisoldaten spielt und echte Soldaten vorbeiziehen)

*Seid gegrüßt, meine toten Freunde, die ihr liegt in den
Weiten der Steppe,
die ihr liegt in der Ferne der Heimat, begraben oder
verscharrt nur,
die ihr liegt auf den Gründen der Meere, umsäumt vom
Getier!
Und ihr, die ihr noch lebt hier und dort, die ihr träumt
Tag und Nacht von der Gefährlichkeit des Seins
und es beschreibt in Tagebüchern,
damit wir wachen,
Heil euch auf umrundeter Erde, vom beschienenen Mond
erleuchtet!
Für eine Weile beleuchtet für eine Weile.
Heil euch und weinet nicht mehr!*

Ich hatte sie doch sicher aufgestellt, meine kleinen Soldaten. Es standen vor mir, absolut gesichert, alle Bleisoldaten, silbrig glänzende und auch die farbigen aus Zinn. Und mein Held wollte aus Stettin herüber nach Stargard kommen. Ich schwor mir, dass er keine freie Minute haben würde, auch nicht mit Mutter.

Da war ein schöner Tag aufgegangen. Irgendetwas lag in der Luft und Mutter war wie aufgedreht, als wir uns feinmachten und in die Stadt gingen, zum Bahnhof. Ein Polizist mit glänzendem Tschako auf dem Kopf kam uns entgegen und meine Wollmütze war weg. Ich drehte mich um und meine Augen fragten Mutter warum, aber sie gab keine Antwort. Es schien, als lachte sie heimlich. Doch mein Held kam nicht, wir waren zu früh dran.

Als wir uns eine kleine Weile später zum zweiten Mal auf den Weg machten, stand die Sonne schräg hinter uns und die Bäume an der Seite der Straße, die zum Bahnhof führte, warfen ihren hellen Schein zu uns her. Wieder der Kerl mit dem Tschako. Als er langsam herbei schritt und an uns vorüberging, war meine Mütze zurück auf dem Kopf. Mutter lächelte. Und auf einmal sah ich ihn. Er kam in einem sportlichen Anzug, mein sportlicher Held und versteckte sich hinter den schönen Bäumen mit ihrem hellen Glanz. Immer wieder war er deutlich zu sehen und die kleine Familie ging aufeinander zu: Vater, Sohn (und heiliger Mützenklau) umarmten sich glückselig und das lachende Kind segnete alles.

Alleluja und Heil im kleinen Zelt,
Viel Segen und Ernte in Sicht.
Alleluja und Heil in heiler Welt,
Viel Segen im Haus und Licht.

Dann sperrten sie mich weg, als ich zum fünften Mal nacheinander ins Haus hineinwollte und wieder hinaus und wieder hinein und sie dachten, sie seien vor mir sicher. Aber ich schlug mit dem Fuß gegen die Badezimmertür; sie hatten mich dort wirklich eingesperrt für eine Weile. Es dauerte nicht lange und sie lachten, als sie die beschädigte Tür aufmachten und mein Tränengesicht sahen.

Ihr aber, die ihr gelebt in Freuden auf Erden, umgeben von Freunden, von Gärten, umsäumt von Mutterliebe, Vaterstrenge, umgeben vom Lehrerblick, ihr tratet an, um gen Osten zu reisen.

Da kamen sie. Tag und Nacht stampften sie vorbei. Nachts hörte ich sie in meinem Bettchen und die an der Wand hängende flache Kaspergesicht-Uhr leuchtete phosphorgelb auf. Nachts aber bemerkten sie mich nicht und tagsüber betrachtete ich sie von der Straßenseite her, meist auf meinem kleinen Dreirad sitzend. Auch auf Pferden kamen sie und ritten sie im Trab. Es waren schöne Pferde und sie taten mir leid. Eines von den Tieren aber lahmte und tagelang wurde es behutsam geleitet, bis es, weil noch jung und folgsam, mit den anderen trabte und genau so froh dahin lief wie die anderen.

„Fol und Wotan fuhren zu Holze, da ward Balders Fohlen sein Fuß verrenkt."
   (Anhang 1)

Rutenstreiche erlebtet ihr zur Genüge in eurer Jugend und das, ja, das hat euch verführt, die ihr unters Dach ginget so gerne als Kinder und mit den Raupen spieltet, aus denen weiße

Schmetterlinge aufflogen über euer geheimes Dach, unter dessen Schutz ihr gewahr wurdet der Sehnsuchtsliebe im Mai. Und damals, da wart ihr glücklich.

Da euch aber ein Kommando befahl, zu marschieren unter Schweiß, der aus den Helmen rann, da marschiertet ihr nun. In offenen Waggons wurdet ihr gefahren und einer, der spielte vielleicht auf der Ziehharmonika und ihr sangt dazu in die heiße Luft. Aber die Angst sangt ihr nicht hinweg, die begleitete euch für eine lange Zeit. Und tausend Kilometer setztet ihr den Fuß vor und sprangt auf Maschinen, die aber versprangen euch oftmals und es schmerzten die Füße und es gab kein Zurück vorerst.

Damals, als ich mein Holzgewehr gegen euch erhob, warf keiner einen Blick auf mich.

Es kamen andere, in ausgewaschenen herbstlichgrünen Uniformen, mit einer Sprache, die aus der Kehle kam. Gefangene mit Lumpen an den Füßen wackelten heran und sie hoben die Arme empor, wenn ich mit meinem Spielzeuggewehr auf sie zielte, lachend, freundlich und einer von ihnen versprach mir Rübenschnitzel und Tabak für ein Stück Brot.

Und immer wieder sprach ich mit euch, Freunde, die ihr mit hartem Tritt an mir vorbei schrittet in euren genagelten Stiefeln, doch ihr hörtet mich nicht und kein Blick fiel auf mich, denn mein Dreirad war winzig und ihr schwitztet und eure Augen waren nach Osten gerichtet, da war es kalt.

Dann wieder war es heiß zur Sommerzeit und die Luft zitterte, wenn Panzer vorfuhren und einer, der war immer freudig erregt und ihr hießet ihn: „Schneller Heinz".

Heute nun spreche ich zu euch und ihr hört mir zu.

Kaum, dass ihr in der Steppe wart, fiel einer von euch und ein zweiter sodann und es folgte noch mancher. Bald war erledigt das ehrenvolle Begraben-Werden mit Schüssen über den kleinen, verzweifelten Hügeln und zu Hause weinten wohl welche, die konnten euch nicht trösten. Und heiß löste kalt ab und Tag die Nacht und Frühling den Winter und Hunger die Läuse.

Gar bald waren da weder Freund noch Gatte, noch Vater, weil fort oder tot sie, noch war ersehnte Aussicht auf Erfolg, der aber war überhaupt nicht vorhanden, denn anfangs bereits lachte ein Totenkopf euch vorweg und ihr sangt sein Lied:

"Und morgen die ganze Welt", so sangt ihr und es schallte durchs Doofdorf und durch Doofstadt und ein Doofland fand das schön. Ihr, die ihr das Handwerk des Soldaten auszuführen hattet, habt auch die Lieder auf Befehl gesungen. So habt ihr getan, was befohlen wurde und es war kein Wunder, dass ihr, weil ihr auf Befehle getrimmt wart, auf Kugel geben oder Kugel nehmen, in ein Risiko ranntet, mit und ohne Lieder. Selbst die Granate, die euch traf, kam auf Befehl.

War die geschichtliche Erinnerung an ein treues deutsches Soldatentum, wie etwa das im ausgehenden Mittelalter - als Landsknechte tapfer fochten und sangen -, ein Vorbild für euch, bei dem Risiko? Bei *den* neuen Waffen, den bekannten und noch unbekannten fürchterlich zersplitternden Granaten fortan und bei *der* Führung? Ein Führer, der in Männerheimen hauste, nie eine richtige Arbeit hatte, keine Wohnung, keine Familie. Der im ersten Weltkrieg unter deutschen Unteroffizieren Meldung machen durfte, sich das erste Mal in seinem bisher verkorksten Leben angenommen fühlte und dachte: "So geht das!", später bei vornehmen Damen das rechte Kaffeetrinken lernte, das richtige Halten von Messer und Gabel, und der jetzt mit seinen selbstgefälligen Offizieren und Industriellen, die ihm den Hintern leckten, seine dankbaren Landser ins Risiko schickte, in den sicheren Tod, "wie in einen Gottesdienst!"

Und hielt - der Todessüchtige - zuvor Paraden ab, lud die halbe Welt dazu ein, und die geblendete Welt ließ ihn gewähren, gab ihm das nötige Geld zu seinem Todesrisiko, an das er sich nun mit Seinesgleichen zu wagen anmaßte und gab nun zurück, was er seinem brutalen Vater schuldete, wurde dadurch frei, *wir* aber nicht.

Jetzt aber hatte er sich wahrhaftig ins Narrenkleid geworfen, hielt der genarrten Nation närrische Reden und wie im Traum zogen genarrte Narren in die Fremde, nur, weil es närrisch war, zuhause zu bleiben und fleißig zu arbeiten.

Und eines Abends sangt ihr das schöne Lied vom Argonnerwald, es schwebte von weitem her zu mir. Da lauschte ich lange hinter der Ligusterhecke.

Es lachte jetzt mancher Feind in der Ferne und es lachte mancher Feind in der Nähe, denn nun erkannten sie euch als Todbringer und die Lieferung wurde geliefert: Zu töten. Ein Todesstoß wurde vorbereitet, der musste sitzen wie vom Degen des Toreros, und er saß.

Ich spreche nun zu euch, Freunde, weil sich immer mal wieder jährt ein Ereignis, da nämlich des ersten Weltkriegs gedacht wird - als Ursache des darauf gefolgten größeren Unheils - und von Wundern geredet wird. Von der Marne und so, und dass sich damals an Weihnachten 1914 Soldaten in den Gräben trafen, die sangen und dass einer dabei war, der alles später einmal rächen würde - den versprochenen und nicht errungenen Sieg - versteht sich. Und der tat es, zusammen mit der in Schieflage geratenen Nation, ihr wisst es, als es nach der Niederlage im ersten Weltkrieg und der Entmachtung des Adels Raum gab, viel Leerraum für alles Mögliche, auch für Verrückte. Aber ich meine jetzt im Moment die auf hartem Befehl nach dem gemeinsamen weihnachtlichen Singen erledigten Millionen Toten damals und nicht den lockenden Frieden, der leise an die schon halb offenen Türen ihrer Seelen pochte, als sie zu Weihnachten 1914 in den Gräben sangen, ihr versteht! Denn die weihnachtliche Friedensbotschaft sollte nicht wirken. Das aber verboten die Generäle damals, das verbieten sie immer, denn sie lachen über Friedenslieder, genau wie über ihre scheußlichen Witze im Kasino. Jetzt aber wart ihr an der Reihe, dass der Tod euch traf wie auf Befehl. Denn der Krieg ist ein Spielzeug für Jungen und Männer.

Meine aufgestellten Blei- und Zinnsoldaten standen derweil weiterhin stramm. Ich blätterte in alten Büchern, voll von Schlachtenlärm und bemalt mit fliehenden Pferden, von denen grimmige Husaren mit Säbeln herunterschlugen. Eine Spielzeug-Artillerie bekam ich als Geschenk zu Weihnachten. Die schoss genau auf etwa fünf Meter mit einem Korken in einem exakten Bogen, den ich im Kopf korrigieren konnte. Ich traf damit viel in unserer Wohnung, auch die Birne unserer Deckenlampe in der Küche und die Artillerie war danach weg. Lange weinte ich ihr nach.

Und eines Tages, da legte ich einige dieser winzigen Orden für den privaten Anzug von meinem Helden an und lief in den Straßen von Stargard herum. Es war da einer, der schimpfte mich von einem schicken Panzerspähwagen herab, mit seiner soldatischen Schirmmütze am Kopf und dem gewaltigen Kopfhörer am Ohr. Doch er hatte mir nichts mehr zu sagen, denn ich leitete inzwischen den Krieg. Ganz ruhig sagte er, wir sollten die Stadt verlassen, aber schnell! Das gefiel mir.

Zu spät weinten die, die zur Wehr sich entschlossen in eurem Fall, zu spät, und hätten genug Zeit gehabt als sie lernten - in Potsdam - Kriege zu führen und zu vermeiden

(Clausewitz, wozu hast du geschrieben?). Und einer betrat verzweifelt den schützenden Wald, zog zu Rate die singenden Vögel, wie weiland Siegfried, doch zu spät. Und Gesang kam nicht auf, nicht innerer Wohlklang, der Seelen tröstet, nur ein Schuss vielleicht aus eigener Pistole, vergebens alle Gebete. (Clausewitz, ach Clausewitz, wozu hast du geschrieben?).

Seid nun getröstet nach all der Zeit und gedenken sollen wir Euer in Ehren, wenn auch in Trauer ob des verlorenen Glücks als da weinte die junge Witwe und das wissende Kind und die Welt sich drehte im Staub, wie in einem verdorbenen Tanz.

Zweites Bild

(„Wo die schönen Trompeten blasen" und das Kind eine wunderliche Musik hört; wie es fühlt und denkt, kindlich stolz ist und seinem Helden nicht alles glaubt)

Laut schmetternder Weltenklang

Und stille die Welt, vor dem Haus das Feld
liegt unter der Sonne und wartet und wartet.
Da schlagen dumpfe Töne den Tag,
da kommt es heran das Leben in Fülle.
Das Herz schlägt vor Freude den gleichen Takt
und jähes Laufen, bis nahe genug, wo
Männer mit goldenen Hörnern spielen.
Sie tönen und singen ein seltsames Lied,
Jauchzen und plötzliche Ruhe und dann:
eine andere Mannschaft, ein anderer Chor und
wieder das Pfeifen, das Rühren der Trommeln,
ein Schmettern, das einsetzt und Mut in der Luft und
Stunde um Stunde am Rand bei den Männern, die
freundlich mir winken und Freude zuhauf.

Freunde, lasset uns fragen, was es bedarf, Kriege zu verhindern; wir ahnen es, dass es nicht sobald aufhört, denn auch jetzt, *(sogar am 5. Juli 2014, derweil ich mein Geschriebenes korrigiere und Mats Hummels gestern Abend diesen herrlichen Kopfball ins Netz von Frankreichs Torwart lenkte),* wird weiter geschossen, wird Rache genommen irgendwo auf unserer Erde. Wir fragen uns immer wieder: warum? Und wir tragen es in uns, vererben es den Kindern als gefährliche Erbschaft, wie Nichtnutz. Hatte nicht Carl von Clausewitz in seinem fragmentarischen Buch *"Vom Kriege",* das seine Frau posthum herausgab, die Verteidigung als die stärkste Kampfform ausgelobt, hatte er nicht den Krieg als politische Kraft, also als vom Menschen gezielt benutzt, eingeschätzt und wurde es nicht an den Kriegsakademien überall gelehrt?

Und erleben wir nicht immer noch überall die Aufzüge eines Wachbataillons mit Militärmusik, mit Kommandos, übernommen aus vergangener Zeit, wie aus der Luft gezauberte Elemente, fragwürdig durch seltsame Rituale, historische Zapfenstreiche ohne ausführliches Eingehen auf Mut, Freude, Elend und Tragik dessen, was wir Tradition nennen? Traditionen, die überholt sind, weil sie altes und grausames Heldentum zum Vorbild nehmen, weil sie beschwichtigen, weil sie eine erfolgreiche Erfüllung von Wünschen vorgaukeln: Sommerglück, Kinderglück, Siegerglück.

Schnell aber zurück in eine Zeit, die wie durch Nebelschwaden sinkt und durchlässig wird für das, was mühsam zu erkennen. Kann ein Kind sich zurückerinnern bis in seine früheste Kindheit, vielleicht bis zu seinem dritten Geburtstag oder seinem vierten?

Ein samtener Anzug, Bolero-Jacke mit kurzer Hose in weinroter Farbe und hinaus geht es in die Freiheit oder zu den kleinen Freunden, deren Vater ebenfalls im Krieg sich befindet. Ein Feld vor dem Haus, bestellt mit Getreide, in dem Kornblumen stehen und locken.

„*Geh nicht ins Feld hinein, die Kornmuhme holt dich!*"

Und eine Kaserne dahinter, wohin ich mit meinem Helden einmal zum Friseur ging. Der fragte mich, was ich später einmal werden wolle. Ich: „Soldat" und mein Vater darauf: „Nein, kein Soldat, du wirst mal ein guter Sportler." Und als wir zusammen langsam vom Friseur zurück nach Hause schreiten, ich stolz an seiner Hand, kommt uns eine Rotte Hitlerjugend entgegen. Der Anführer ruft ein lautes Kommando und hebt mit seinen Jungen den Arm, während mein Held nur militärisch kurz grüßt. Ich bin sehr erstaunt und schäme mich ein wenig. Gefangen vom Geist der Zeit, vom schönen Wahn und träumend von einem fernen Sieg:

Schämte mich und konnte nichts sagen, es kam zum Tragen das Ungefähre
von Hohem, von Edlem, Tamtam und von Lüge, als wenn, als wenn es sicher mich trüge.

Und immer wieder die tönende Musik, die das Kind heranlockt. Angst bläst sie weg. In Abständen von Wochen die aus der Ferne zu vernehmenden lockenden, dumpfen Schläge der großen Trommel und darauf das Einsetzen eines frühlingshaften Schmetterns, vollgestopft mit Süßigkeiten. Eine Wundertüte für Kinder, und dann nichts wie hin!

Da stehe ich nun und kann nicht anders, ihr Lieben, und höre euch mit offenem Mund zu, kann auch unterscheiden, ob gut oder schlecht gespielt wird.
Und es blitzt etwas auf hoch oben in der Luft, wenn ihr marschiert, und das Kind ist fasziniert von diesem Zauber und vom edel einherschreitenden Zauberer davor.

Eleganter, bodenlanger Flaggenschmuck im Vorfrühling und lautes röhrendes Reden aus Lautsprechern an einem Abend. Und Paraden, dass es als Echo von den Häusern zurückschlägt. Die Instrumente mal feldmarschmäßig in grüngraue Überzüge gehüllt: „Frei weg!" und dann wieder total schwarze Uniformen, von denen man vor allem die blanken Stiefel sieht, und von wegen Sportler, da weiß das Kind genau, was es einmal werden will.

So war es und ihr sollt es verstehen heute, alle, die ihr hier wohnt in diesem Land.
Denn es ist wichtig, dass ihr es heute wisst.

Aber es floss eine zu spürende Angst aus den Körpern der Männer, besonders derer in den honiggelben Uniformen, während sie diese schöne Musik spielten, oft waren es SA-Männer. Ich roch es, als ich zwischen ihren Beinen umherlief und ich merkte es während der Spielpausen als sie ihr Bier tranken und schwitzten, denn sie hatten Angst. Angst vor der Zukunft hatten sie und diese Angst wollten sie wegblasen, aber es gelang ihnen nicht. Immer blieb ein Rest zwischen ihnen hängen und der reichte aus, um ebenfalls unsicher zu sein.

Und als mein Vater, mein Held, von der Front kam und seine Ausbildung in Stettin beendet hatte und wieder zur Front ging und ab und zu wiederkam, um sich von seinen Wunden zu kurieren, da setzte er mich abends einmal zu sich in die Badewanne.

Und er hatte auf der einen Seite unter den Rippen diese grässlich-wulstige Narbe, über die das Kind mit seinem Händchen vorsichtig fuhr.

Und das Kind fragte, ob es denn gefährlich sei, ein Soldat zu sein und sein Held lachte und meinte, dass er sich damals weggedrückt hätte, als es richtig gefährlich wurde und er jede Kugel kommen höre und so mache er es immer. Doch das Kind glaubte es nicht und wurde im Moment hart wie ein Kiesel. Mal sehen, wer recht behält, dachte das Kind und es weinte nach innen, aber man sah es nicht.

Drittes Bild

(Wie das Kind beglückt lebt, wandert, zuweilen schwimmt oder auch einmal Rad fährt, wie es zu Weihnachten das große Weinen erlebt und seine Mutter eine Witwe wird)

Als Kind zufrieden und meist glücklich, `ne Kinderkrone auf dem Haupt und eine Mutter, die mich in Frieden ließ, wenn ich meines Weges ging. Ging in die Häuser links und weiter links in der Yorckstraße. Zum Fenster rein ganz hinten in der Häuserreihe, im eigenen Haus im ersten Stock zu einem kleinen Mädchen, mit dem ich spielte und der ich zum Geburtstag eine Kette schenkte. Eine braune Kugelkette, die mir meine Mutter besorgt hatte. Kuchen essen und dann spielen auf dem kleinen Platz vor unserem Haus. Auf einmal Streit, weil sie die Kette nicht rausrücken wollte, ein Ruck von mir und die Kügelchen spritzen auf dem Gehweg hin und her. Wir sammelten alle auf. Weinen. Sie tat mir leid.
Das immerwährende Abenteuer auf dem Feld, direkt vor unserem Haus machte Spaß. Nicht nur im Sommer, wenn Weizen oder Roggen standen. Wenn Kartoffeln gelegt wurden und im Herbst geerntet und wenn dann in selbst gebastelter Tabaks-Pfeife aus einer Kastanie der Zunder nicht brennen wollte und doch sollte, dann war alles schön, nur schön. Und immer mal wieder aus der Ferne urplötzlich die dumpfen ersten Schläge der großen Trommel. Dann war ein anderes Leben

angesagt und es gab kein Halten. Einmal kam ich erst spät am Abend zurück und wurde gemaßregelt, allerdings hatte ich Bauchschmerzen und trottete deswegen missmutig heimwärts, sonst wäre ich länger fortgeblieben. Dass die Geburt eines Brüderchens nahte, merkte ich irgendwie, denn ich wurde im heißen August 1942 nach draußen geschickt, um zu spielen. Es lag etwas in der Luft, das spürte ich. Musste lange warten und immer wieder warten und das eben konnte ich nicht, genau wie heute. Ging in den Garten und lenkte mit einem kleinen Spiegel helle Flecken ins Schlafzimmer, bis Oma winkte und immer wieder vor sich hin schimpfte. Hörte aber nicht auf. Da kam sie überraschend schnell heraus und gab mir eine Ohrfeige. Meine Lieblingsoma gab mir eine Schelle! Da merkte ich, dass ich wirklich störte und trabte mürrisch vor unser Haus; wartete weiter, bis kleine Vögel aufs Dach flogen, die mir mein Brüderchen bringen sollten. Es waren eine Menge Spatzen zugange, was mir sehr gefiel. Auf einmal durfte ich hinein und Oma war wieder gut gelaunt. Im Kinderbettchen lag etwas Kleines und plärrte. Aber nicht lange, denn ich stopfte seinen Plärr-Mund mit Schokoladenpapier, wofür ich diesmal aber wirklich gerügt wurde und man erklärte mir laut, dass das kleine plärrende Ding fast erstickt wäre.

Aus dem Radio, das wir besaßen, erklang nun tagelang Marschmusik, Stunde um Stunde. Das fiel mir auf, war mir aber nicht unangenehm. Doch die Längen, diese Dauer, die Wiederholungen, das immer Ähnliche, da stimmte etwas nicht. Gut, es war halt volkstümlich und *das* ist auch heute wieder in.

Mir war es egal, ob es Frühling, Sommer, Herbst oder Winter war, die Zeit arbeitete für mich und würde mir weitere Abenteuer bescheren. Im kalten Winter aber fror ich oft an meinen Fingern, selbst in Handschuhen.

Vor unserer Straße, also auf der gegenüberliegenden Seite, baute man neue Häuser und gefangene Russen kamen zum Arbeitseinsatz. Einer von ihnen war mein Freund, er bekam Brot von mir und ich von ihm Rübenschnitzel, die nach Tabak dufteten. Das war ein Tausch, das war ein Abenteuer jedes Mal, bis Mutter dahinterkam und es strikt verbot. Aber ich hörte nicht auf sie und machte heimlich weiter.

Der Frühling war köstlich. Dann war das Feld grün vor dem Haus und die gelben Butterblumen, denen ich nachging, lockten mich weit hinein in den Wald, der sich hinter der neuen Kaserne bis hin zum Madüsee erstreckte.

„Musst du denn nicht nach Hause gehen?"
Kopfschütteln.
„Wer ist denn dein Vater?"
„Der ist im Krieg."
„Und deine Mutter?"
„Die ist zuhause."
„Wo wohnst du denn?"
„Gleich hinter der Kaserne in der Yorckstraße 1."
„Na, dann geh mal schnell zu deiner Mutter."

Ich sehe ihn noch heute vor mir, einen ernsthaften Offizier in Lederhandschuhen. Er machte sich spürbar Sorgen um mich, um sich selbst wohl nicht, da war er wie fest gemauert in der Ehre für sich und in seiner Haltung, für seine schöne Uniform und für seine dunkelbraunen Lederhandschuhe. Er störte mich in meiner Ruhe; ein richtiger Aufpasser.

Dann bekam einer meiner Freunde in unserer Straße ein Fahrrad geschenkt und sein Vater, der gerade auf Urlaub zu Hause war, lehrte ihn das Fahren. Ich wollte gerne auch einmal dieses Fahrrad ausprobieren und auf die Frage, ob ich es denn schon könne, das Fahren nämlich, nickte ich nur. Erst ging es ziemlich gut und dann ließ dieser Mensch doch wirklich das Rad los, einige Meter lief es noch leidlich, aber dann...

Sieh mal, sieh mal, sieh mal, ich kann fahr`n, ich kann fahr`n,
Sieh mal, sieh mal, sieh mal, ich kann fahr`n, ich kann fahr`n.
Mit dem Rad kann ich fahr`n, mit dem Rad, mit dem Rad,
Sieh mal, sieh mal, sieh mal, ich kann fahr`n mit dem Rad!

Hoffentlich hält mich der Alte noch ein bisschen fest,
Denn ich spüre schon, dass er mich richtig fahren lässt,
Aber besser ist es, wenn er weiter hält das Ding,
Eine schöne Klingel, die macht wirklich klingeling.
Refrain: Sieh mal, sieh mal, sieh mal...

Jetzt lässt er doch wirklich los, das wird was, ich muss seh`n,
Dass ich einfach oben bleibe, ja, dann wird es geh`n,
Wackelt schon ein wenig, glaube gar, es zieht nach links,
Rechts wär` es mir lieber, denn dann könnt ich es, dann ging`s.
Refrain: Sieh mal, sieh mal, sieh mal...

Da kommt meine Mutter auch noch aus dem Haus gelaufen,
Will sie nach mir sehen oder geht sie zum Einkaufen?
Und sie schreit jetzt wirklich durch die Straße zu mir hin:
Rums, die Fahrt ist aus, weil ich vom Rad gefallen bin.
Refrain: Sieh mal, sieh mal, sieh mal...

*(*Statt: *Sieh mal,* könnte auch*: Kuck mal* oder noch kürzer und passender*: Kumma, kumma, kumma, ich kann fahrn mit dem Rad* gesungen werden*)*

Ich erinnere mich an schöne Sommertage. Wir fuhren mit dem Rad an den Madüsee, manchmal auch, wenn mein Held zu Hause war, doch meistens ohne ihn. Ich vorne auf der Stange bei ihm oder hinten auf dem Gepäckträger bei Mutter. War er da, gab es am Sommersee Bier, das im Glas schäumte und ich durfte den Schaum lecken. Der aber war bitter. Ins Wasser laufen mit den anderen Kindern, mit Helga und Gerdchen und dann tauchen, langsam im seichten Wasser umherstaken und klitzekleine Fische beobachten und erste Schwimmversuche unternehmen. Dann die Heimfahrt auf dem Rad und der Anblick meiner schönen Stadt, der schönsten Stadt meiner kleinen Welt, in der Ferne aufscheinend auf leicht erhöhtem Hügel.

Was noch zu sagen wäre, klingt traumhaft. Das kleine Kind fährt mit seiner Hand einer großen Nase nach, einem starken Mund und wird von seiner Mutter zurückgerissen. Es zeichnet mit seiner Hand einen grotesken Kopf nach, fährt den Konturen eines Menschengesichts entlang. Das Gesicht ist ein gemaltes Bild, ein Hetzplakat und die Macher hatten vergessen, dass ein Kind in den Zügen des kuriosen Bildes vielleicht etwas von sich selbst erkennt und damit spielen will. Das hatten sie vergessen, die Macher, die Künstler, ein Hass-Bild entworfen und das Kind war darüber sehr erstaunt.

Ähnlich überrascht war das Kind von den sich eigenartig wiegenden jungen Menschen in einer Kirche, worin es seine Großmutter mitgenommen hatte. Elfengleiche menschliche Wesen bewegten sich in langen grünen Kleidern tänzerisch über dem Boden. Das Kind meinte, diese schönen jungen Menschen schwebten dicht über der Erde und seien vielleicht Engel, aber es waren Ministranten in grünweißen Ministranten-Röcken. Es war das erste Mal, dass das Kind einen Wink bekam aus einer anderen Welt, aber es verstand noch nicht.

Stargarder Marienkirche

Die Großmutter war in ihrer Art wenig geruhsam und schnell genug,
Und wenn sie kam, besuchte sie manchmal mit mir die hohe Marienkirche.

Dort einzutreten erschien mir immerhin wie ein Ereignis, das zu glauben kaum,
Von seitlich oben, wie aus fernen Welten, fiel schönes Licht herein in unsern Raum.

Und Kinder, etwas älter schon als ich, betraten tanzend eine Bühne dort,
Wo auch ein Mann in seinen bunten Kleidern, sie ähnelten den Tänzern, seltsam spielte.

So eigenartig rauschte die Musik und Männer standen oben am Balkon,
Sie hielten lange Ketten in den Händen. Das sind Franzosen, sagte meine Oma.

Im letzten Frühling war zur Maienzeit ich wieder dort, erwartete es kaum,
Sah Männer, die am Boden knieten, trat hinein, es drehte sich der Raum.

Dass es langsam kritisch wurde, merkte man an den Gesprächen der Erwachsenen, die mit ihrem Fernglas am Auge oben in der Sommerluft die kurvenden feindlichen Flugzeuge beobachteten. Doch auch jetzt ist es manchmal recht kritisch, meint ihr nicht auch, wenn man bedenkt? Wenn man bedenkt, ist es richtig kritisch auch heute und nicht nur damals in Stargard, als im heißen Sommer die feindlichen Flieger kurvten. Diese warfen silbrig glänzende Schnipsel herunter und ab und zu auch kleine Tafeln Schokolade. „Geh da nicht ran, nicht aufheben, die sind vergiftet!", hieß es. Dann die beliebten Verdunkelungen abends und in der Nacht das Brummen der Flieger aus der Ferne. Stettin bombardierten sie, man hörte und spürte es im Keller wartend und den blutigen Schein konnte man nachher sehen, wenn man nach der Entwarnung vor die Haustür ging. Das war erschreckend schön wie später die Mär von der Hölle.

An Weihnachten 1942 aber, als Mutti, der kleine Dieter und ich mit Freunden zusammen waren, mit Helga und Gerdchen, mit deren Mutter und Großmutter (nicht weit von uns) und der Weihnachtsbaum angezündet wurde, da weinten plötzlich die Erwachsenen und ich wusste zuerst nicht, was da war, denn sie sagten es nicht. Ich dachte, sie weinten, weil wir so schön sangen, doch es war wegen Stalingrad, das erfuhr ich aber erst später. Mein Held und der Vater meiner beiden Freunde waren in der gleichen Kompanie, sie lagen in der Kälte vor Leningrad.

„Zwei Engel sind hereingekommen und haben sich nicht gut benommen, sie sangen laut und tröteten, anstatt dass sie schön beteten."

Im Jahr 1943 kam wieder Hoffnung auf im Sommer und Siegesfanfare ertönte. Doch die Hoffnung war nicht überall zu spüren. Wenn ich zum Beispiel ganz hinten in unserer Yorckstraße bei meinen Freunden spielte und den Gesprächen der Großen zuhörte, war da eine vorsichtige und ernste Kritik zu hören. Mutti und ich waren anderer Meinung, aber unsicher waren wir ebenfalls. Siege oder gar ein Endsieg, das war jetzt nicht mehr möglich, aber ein Ende der zu spürenden furchtbaren Beengung vielleicht. Was dabei jedoch außerdem zu spüren war, ging in eine Richtung, die heute vielleicht nicht richtig erfasst werden kann. Die Menschen, so denke ich, waren damals überzeugt, dass Deutschland in großer Gefahr war und man sich gegen "Böses" verteidigte. Den ersten Weltkrieg hätten sie - so meine ich es aus ihrem Verhalten heute zu erklären -, nicht als wirklich verloren registriert, sondern als verraten und somit wie *zu Unrecht* verloren. *(Gut, das ist jetzt im Juli des Jahres 2014 meine Meinung).*

In der Sommerzeit 1943 erklang aus dem Radio immer wieder etwas, das war wie aufgeblasener Mut, gemischt mit Unsicherheit. Verzweiflung war es noch nicht, aber eine zunehmende Angst war zu spüren. Ich hatte inzwischen wieder einmal mit einem der russischen Arbeiter Freundschaft geschlossen, der jenseits unserer Straße den Boden für einen Neubau aushob. Für Brot gab er mir, genau wie sein Vorgänger, die geliebten Rübenschnitzel, gemischt mit Tabakresten. Mutter sah es zwar immer noch nicht gerne, aber ich war meinem Freund gegenüber treu. Mein Held kam noch einmal auf Urlaub nach Hause, wurde in Stettin zum Leutnant ausgebildet und verabschiedete sich nach Weihnachten 1943. Danach war alles irgendwie anders. Vati hatte sich, wie gesagt, verabschiedet. In einer kalten Nacht trennte er sich von Mutti und wäre da eigentlich nicht mehr siegessicher gewesen. Das sagte sie mir später und dass er noch dazu sehr traurig gewesen wäre. Diese Nachricht erfuhr ich wirklich erst viele Jahre später. Er hätte wegen seiner erneuten Verwundung vielleicht nicht an die Front gehen müssen. Aber die Kameraden warteten, hätte er gesagt, und außerdem musste wohl jeder nach seiner Genesung wieder zur Verfügung stehen, Punkt.

Typisch für meinen Helden. Ein Held muss nicht unbedingt Sieger sein, es genügt, wenn er tapfer ist und seine Pflicht tut. Das aber erfuhr ich auch ebenfalls erst viel später, im Deutschunterricht der Oberstufe des Staatlichen Gymnasiums in Speyer. Da kamen wir im Rahmen der Besprechung des Hildebrandsliedes auf die germanischen Tugenden, auf den Begriff der Ehre zu sprechen und es ging mir ein Licht auf. Dieses Licht aber war wie ein Irrlicht. So furchtbar kann Krieg entbrennen, Krieg, als Vergeltung, als Rache, als Überbleibsel unserer unseligen Evolution: als *"Vater aller Dinge"?*

Nun weinte in unserer Nähe so manche Frau und traurige Gespräche wurden geführt, auch früher schon, als zum Beispiel die Nachbarsfrau ihren Mann, einen schönen und stolzen hochdekorierten Soldaten, verloren hatte und Mutter ganz besorgt war. Und mein Held meinte damals, dass dieser

Kamerad vielleicht etwas unvorsichtig gewesen wäre und Mutter wurde richtig wütend und schrie, er solle sich nicht versündigen. Er aber winkte nur ab. Dann also ging er wieder an die Front zu seinen Kameraden in die gnadenlos umkämpfte Gegend vor Leningrad und wir waren jetzt allein gelassen, unter uns, nachdem er zuvor noch einen Hasen abgezogen hatte. Ganz feierlich war es, als wir ihn abends aßen.

So war es und ihr sollt es wissen: das schöne Gefühl des Zusammenseins, denn Einigkeit ruhte mitten im Raum an einem Abend. Den ganzen Nachmittag zuvor verbracht mit dem Wunder eines überraschenden Besuches. Ein Kübelwagen fuhr vor und heraus sprang ein Mann, der ein Paket ablieferte, in dem ein Hase lag und daneben eine große Imkerdose voll mit Waldhonig. Staunen darüber und eine Einladung zum Kaffee, aber der junge Mann musste bald wieder gehen. Dann zog Vati den Hasen unten in der Waschküche ab und ich musste den Honig probieren, der harzig und fremd schmeckte. Am frühen Abend gab es schon etwas vom Hasen; das schmeckte köstlich und duftete lange nach in den Räumen. Dann schmausten wir am folgenden Abend zusammen in der Küche und die Eintracht beobachtete uns lange, führte uns in selige Umarmungen wie in ein versprochenes Glück, das sich bis hinein in mein kleines Bettchen zog.

Es folgte eine Zeit, in der die Meldungen aus dem Radio gar nicht gut klangen und eines Morgens - ich sage jetzt mal - im kalten Februar 1944 wachten wir durch einen deutlich zu

hörenden scharfen Knall auf. Mutti redete mich aus ihrem Bett heraus an, ob ich es auch gehört hätte. Ja, ich hatte den scharfen kurzen Knall gehört und wir waren uns später immer wieder klar darüber, dass Vati wohl genau in diesem Moment getroffen worden ist. Ich meine sogar, meine Mutter hätte genau den Termin nachgerechnet, nachdem später die Nachricht vom Tode eingetroffen war.
Denn eines Tages kam ein Bote in Uniform mit einem Brief. Ich spielte draußen. Nach einer Weile schrie Mutti, die vor kurzem erst ihr drittes Kind, Jörg, geboren hatte, laut auf und ich wurde hereingeführt. Und sie schrie: " Er ist tot, er ist tot, unser Vati ist tot!" So schrie sie. Und sogleich hatte ich wieder diese sandige, schokoladenbitter schmeckende Schuld im Mund. Ganz voll war mein Mund und die Kehle schnürte sich langsam zu, denn ich hatte es geahnt und schon vorher heimlich gewusst und ihn nicht genügend gewarnt - damals in der Badewanne – und nun war es geschehen, deshalb habe ich Schuld, bis heute. Dann lief ich hinaus und erzählte es allen.

Witwenschrei

Schreie, nichts als Schreie in mir.
Am Tag und zur Nacht nichts als Schreie.
Die Hälfte des Seins zerschmettert im Nu
Und kein Abend, kein Morgen nur Schmerzen im Arm,
Es erbarmt sich keiner, der helfen kann und nur Schmerzen
Im ganzen Körper und müde bin ich, nur müde.

Der Sommer in Jahr 1944 war anders. Er war heiß und eigentlich schön, nur die laut schmetternde Musik erklang nicht mehr so oft. Eigentlich gar nicht mehr, außer von Franzosen. Diese waren nicht nur sonntags in der Kirche zu sehen (mit Rosenkränzen in den Händen!), *sondern sie marschierten auch, aber schneller und zügiger als ihr, meine Lieben, auf der Straße vor unserem Haus vorbei, die kurzen goldenen Hörner schwingend. Und sie schleuderten den Sieg in die Luft, einen Sieg, der nicht mehr zu erringen war, aber sie hatten ihn in ihren Instrumenten versteckt.*

Mutter meinte zwar, das nütze nun auch nichts mehr, aber sie waren da und verteidigten unsere Stadt und unser Land. Irgendwann las ich dann später einmal in Jonathan Littells „Die Wohlgesinnten", dass es wirklich stimmte. Und einer von ihnen, ein junger Mann hatte Gefallen an meiner schönen Mutter gefunden und sie ebenfalls und auch ich selbst mochten ihn gern, weil er mit mir redete. Er richtete mitten im Sommer 1944 einige Sachen für die Abreise in den Westen her. Ich erinnere mich an große Seesäcke, die gefüllt wurden. Doch diese frühe mögliche Evakuierung wurde abgeblasen. Ich weiß noch genau, wie enttäuscht ich war und denke, dass unsere Organisatoren damals irgendwie nicht ganz richtig im Kopfe waren, oder einfach nur Angst hatten vor der Reichs-Kanzlei in Berlin. Eine rechtzeitige Evakuierung zu ermöglichen, das wäre es gewesen.

Im Herbst und im Winter 1944 kamen sie dann, die Flüchtenden. Mit Pferden und Wagen, mit kleinen zottigen Pferdchen und größeren zogen sie an unserem Haus vorbei in Richtung der Oder und es schneite immer wieder tüchtig.

Die Menschen liefen mit ihrer Habe westwärts an unserem Haus vorbei und sie senkten den Kopf. Genau wie ihr, meine Lieben, doch sie waren mir irgendwie fremd, geschlagen und ganz bekümmert und sie froren. Einige fanden den Weg in unsere Wohnung und baten um Handschuhe oder heißen Tee.

Doch Mutti war jetzt hart, sie hatte einen kleinen Revolver für alle Fälle, wahrscheinlich von meinem Helden. Auch winzige Munition aus Messing war vorhanden. Diese spülte sie eines Tages durch die Toilette, nachdem sie mich danach gefragt hatte und ich war zufrieden.

Viertes Bild

(Das Kind trifft als alter Mann seinen Vater im Traum)

Nachts im Traum erscheint mir mein Vater und ich höre seine Stimme. Ich lausche genau wie damals, als ich als kleines Kind an seinen Lippen hing und er mir morgens im Bett mit seiner etwas heiseren Stimme erzählte, wie Fuchs und Wolf sich an der Nase herumführten und ich nicht genug bekam von seinen Geschichten, auch wenn sie sich wiederholten:

"Was soll aus mir werden, was soll aus uns werden im Feld hier, da alles so grau und verlassen vom Sieg? Und die Hoffnung, sie schwindet: so viele schon tot und die tägliche Mühe und nächtlichen Schläge immer und immer!

Wo ist sie, die Hoffnung auf Sieg, sie war doch nah und klar in den ersten Tagen im Sommer damals, als wir im Rausch - und voll mit tausend Sicherheiten in der Tasche – in den Osten fuhren, vornweg die Stukas in der Luft und unten die Panzer mit den kräftigen Ketten, die alles zermalmten, alles überwanden, sogar den Schlamm?

Wo ist sie, die innere Freude, die in uns wohnte beim ersten Morgengrauen, als es begann und wir Menschen uns sammelten, Menschen in Haufen, wir konnten uns nicht einmal zählen und mein Zug marschierte nach vorn mit all den guten jungen Burschen und den Älteren, die sich mühten am Tag bis tief in die Nacht? Und als es nach Wochen zum Stillstand kam, da war doch noch Hoffnung! Da war doch noch Siegesfanfare im Radio in unserem schäbigen Bunker und mit Orden bedachten sie uns und auch mich und der Kommandeur trat vor die Kompanie und sagte Dank im Namen des Führers für besondere Tapferkeit und alle waren stolz auf mich, als ich das goldene deutsche Kreuz bekam, doch ich war gesammelt, ganz ruhig war ich und in mir drinnen war ich sehr fest und zugleich war da ein inneres Summen, das mich warnte, eine weite und große Stimme war da, die sprach und ich hörte genau hin, denn sie sprach als Donnerstimme in mir und ich war berauscht von der Klarheit und grüßte sie.

Und weiter ging es und von der Newa mussten wir zurück und dann wieder vorwärts und wir sahen Leningrad in der Ferne und mussten wieder zurück und wir waren doch zu Anfang schon ziemlich weit im Osten bei Tichwin und mussten wieder zurück, weil der Russe angriff - gleich zu Anfang schon -, als wir von Scharfschützen aus den Baumwipfeln beschossen wurden und nicht vorwärtskamen, da uns die schwere Kompanie raus hauen musste.

Und ich ließ alle meine Gefallenen und Verwundeten heraustragen in Sicherheit und war beunruhigt ob der Grausamkeiten und verlangte sodann nichts Unmögliches mehr von ihnen, denn sie waren mir lieb und ich nahm es auf meine Kappe und machte es wett mit meinem Mut und dann war es gut.

So war es, und schnell ging der erste Sommer dahin, als es kalt wurde und kälter als wir es zuvor dachten und uns die Zehen abfroren und wir einen besonderen Orden dafür bekamen, aber keine warme Kleidung zunächst und wir waren trotzdem immer dabei, verwundet und unverwundet, frierend und auch mal im Urlaub oder im Lazarett und wieder dabei, als es weiterging im nächsten Frühjahr. Herrschaft noch einmal, wie uns der LkW einmal mitten im kalten Winter fast absoff auf dem Eis, als wir dachten, das Eis müsste halten, aber nein. Wie haben unsere braven Jungs das Ungetüm bloß wieder herausbekommen? Und endlich, endlich bekamen wir gerade noch rechtzeitig weiße Kleidung im Winter und darunter war es schön warm.

Doch was sich da alles hinter unserer Front ereignet, das lässt einen kalt in unserem Grimm und auch wieder nicht und man will die schrecklichen Gerüchte nicht glauben, einfach nicht glauben, aber tief drinnen, da rumort es und nagt es und es ist ein lautes Geschrei dabei, der Tod schreit einen an. –
Manchmal denke ich, das darf ich keinem sagen, was wir hier eigentlich suchen. Das ist doch ein derart großes Land und die Menschen verteidigen es tapfer. Das ist doch kein schneller Blitzkrieg, da stimmt doch etwas nicht. Und das Land gefällt mir. Immer öfter denke ich, wie schön es hier ist im Frühjahr und im Spätsommer, sogar im Winter, wenn der Schnee knirscht unter den Stiefeln. Ein richtiges Jagdgebiet, aber doch kein Kriegsgebiet für Idioten! Und

die Seen, die schönen weiten Wasserflächen! Dort möchte ich mit meinem Großen gerne einmal im schaukelnden Boot fahren und er wird mir dabei singen mit seinem Stimmchen, wie er es gerne tut, das wäre schön. – Und Heini, unser Jüngster, der soll nun bald an die Westfront, da muss er hin mit seiner Kamera und alles abbilden und später erzählen. Das soll er. Und Notizen machen und ein Buch schreiben über unser nutzloses und tapferes Treiben und meinem Ältesten vielleicht alles berichten später einmal, damit nichts verloren geht von dem ganzen traurigen und mutigen Treiben, vom Getriebenwerden, vom Müssen und Wollen und dem Wirrwarr, den Menschen angerichtet haben und den wir auszustehen hatten, glücklos oder glücklich, friedlos oder geprägt mit dem Wissen und Willen, es anders zu machen in Zukunft, wenn wir hier nur rauskommen.

Meinen gefangenen Kommissar muss ich nachher abgeben: der hat mir sein Kartenmaterial dagelassen und ich weiß, dass es unmöglich ist, hier noch irgendwie zu siegen und seinen Kameraden, der aus dem Erdbunker unsere Handgranaten zweimal wieder herauswarf und dann todwund am Ende aufgefunden wurde, dem habe ich die Hand gehalten und ihm „Kamerad" zugeflüstert bis er starb und keiner hat mich dafür gerügt, ich hätte ihn wohl sonst erschossen, so fertig war ich.

Aber jetzt, hier im Winter vierundvierzig, da sind wir ganz schön am Arsch der Welt, da hilft uns keine neue Pak, kein neuer Panzer, da wird verteidigt das Leben, das letzte

Stück Leben und die Tapferkeit geht einen Schritt weiter auf ein etwas größeres Risiko zu, das ist der bittere Tod, ja, das ist der Tod. Und wie wird es meiner Frau ergehen, meinen lieben Jungen, von denen der Älteste mich fragend angeschaut hat das letzte Mal, als ich verwundet zu Hause war und doch wieder gehen musste und ich wusste, dass es diesmal nicht so glimpflich abgehen würde.

Da dachte ich einen Augenblick, dass ich doch in der Heimat vielleicht als Ausbilder hätte bleiben können, bei meinen Verwundungen, aber die Kameraden im Osten, dachte ich und die Bluthunde da oben, aber das darf man ja nicht denken, da darf man bloß nicht dran denken, sonnst nimmt man das MG und mäht sie nieder. Aber jetzt, hier im Bunker ist es schön warm, trotzdem muss ich nachsehen, was mein dritter Zug macht, wie der Angriff nachher vorwärtsgeht, wir haben ja schon wieder viel Land gewonnen gestern und heute, obwohl, was bringt das schon. Jetzt gehe ich aber mal raus und, ach Gott, was ist das, bin über unserm Haus, seh` meine Frau, meine Kinder und so wohl ist mir auf einmal, hab kein Gewicht mehr und jetzt ein kommendes, anwachsendes, zerreißendes, stärker anwachsendes Rauschen wie eine Welle und groß und größer das Rad und die Wucht und bin bei euch...bei euch... da bin... ich."

Als ich aufwache, wundere ich mich nicht mehr. Klar ist jetzt alles.

Fünftes Bild

(Das Kind erlebt seine erste größere Reise, es wird mit vielen Jungen und Alten in die schöne Stadt Stralsund gebracht)

Als die laute Stimme rief damals in Stargard, rief sie laut und dunkel. Durch die stille Stadt lief die Stimme eines Morgens und suchte die letzten Bewohner der halbleeren schönen Gebäude. „Letzter Aufruf", hieß es, ja, so hieß es. Und immer wieder sagte die Stimme aus dem Lautsprecher: „Zum letzten Mal, morgen am Bahnhof!" Es klingelte an der Tür und Tante Anna, die Schwester von Mutter, stand flugs im Raum. „Wo kommst Du her", so die erstaunte Frage, aber es war keine Zeit für lange Reden, es war höchste Zeit. Tante Anna war bei uns, sie begleitete uns auf dem Weg ins Ungewisse, denn sie ahnte wohl, was kommen sollte.

Es kamen viele zum Bahnhof, alte und junge Frauen und Kinder, Opas und Omas. Sie fragten dies und das, aber nicht lange. Und alle stiegen folgsam ein. Auf Stroh wurden wir gebettet als die Fahrt begann. Sauberes Stroh in Güterwägen, die aber waren rundum geschlossen und warm. Dunkel begann die Reise in den geschlossenen Güterwägen, behütet von Rotkreuzschwestern. Der Schlaf wiegte mich ein. Wie von guten Mächten geschützt waren wir, die schutzlos dahin glitten auf Schienen und durchfuhren doch mögliche Todesgewitter, die jählings vernichten konnten. Mitte März 1945 war es wohl, und ab und zu schien die Sonne durch die Ritzen der Wagen und als wir ausstiegen in Stralsund, führte man uns sorgsam. Bis hin zum Markt führte man uns und die Häuser waren mal so, mal so. Eine verlorene Trümmerstadt, in sauberen Ziegeln ausgeführte Häuser und doch schon entzwei die einen Gebäude und die anderen daneben fast noch heil. Manche Toilette und ab und zu eine Badewanne sah man in den weg gesprengten Mauern. Das schrie in die Welt. Bis hin zum schönen Marktplatz führten sie uns, wo bunte Papierschnipsel auf uns herabfielen als der Redner endlich geendet hatte. Lauter rotweiße Fähnlein mit den beliebten schwarzen Hakenkreuzen in der Mitte. Es war, als wenn es schneite, und man sah Ähnliches viel später im Fernsehen bei Paraden in New York: ein wirbelndes Durcheinander auf Menschenmassen, das mich seither immer wieder mal faszinierte.

Musik erklang, als wenn ein Sieg noch möglich wär`, ein kalter Wind schlich spürbar von der Seite her.

Ein Kind ist nicht so leicht zu betören, ein Kind fühlt, wenn gelogen wird. Inneres Lachen ob dieser schwebenden Lächerlichkeiten aus dem Lautsprecher, die ein Mann vom Balkon des Rathauses auf uns nieder prasseln ließ (die Leute murrten), denn Tage darauf erbrach sich der Schrecken nachts. Nachts flogen sie Angriffe auf die Stadt. Über die schon halbwegs zerstörte, immer noch schöne Stadt, über die zitternden Dächer kamen sie. Das aber war alles sehr nah und gefährlich und laut war es und kreischend und meine kleinen Brüder zitterten. Ich zerrte einen, den Jüngsten von ihnen aus seinem Gitterbett, dass es laut schepperte, hinüber in unser gemeinsames großes Bett, denn Mutter war gerade nicht da.

Und Hunger hielt Einzug in unserer kleinen Familie. Er war so fürchterlich, dass wir eitrige Pusteln bekamen und der Kleine von uns hatte überhaupt, so schien es, nicht genug Nahrung, nicht das Geeignete zur Verfügung, vor allem keine Milch. Und wenn es heiße Kartoffeln gab und Mutter sie herein trug in unser Zimmer, dann rastete er förmlich aus, lachte fröhlich, schlenkerte mit den Ärmchen und verschlang die ihm gereichten warmen Kartoffeln immer kräftiger lachend. Heute noch, wenn es Kartoffeln gibt, nehme ich mir manchmal eine heiße davon zur Seite und verzehre sie mit Anteilnahme, auch ohne Butter, einfach so mit Salz und meine Frau weiß dann nicht, wo meine Gedanken sind.

Der Hunger war mächtig, war schleichend. Manchmal bemerkte ich ihn nicht und manchmal doch. Dann gingen Mutter und ich zu einer Stelle, wo es vielleicht etwas zu essen gab. Dort wurde Brot verteilt, wenn welches vorhanden war und vor allem ein süßes Etwas, das wie Honig aussah, aber es war kein Honig, sondern mehr heller Zuckerrübensirup. Brot mit diesem süßen Zeug beschmiert, eine Delikatesse.

Mutti fuhr bis kurz vor Kriegsende zweimal mit dem Zug nach Stargard zurück, um noch zu retten, was möglich war. Das erste Mal kam etwas dabei heraus, Bettwäsche und etwas zum

Anziehen. Das zweite Mal war für die Katz. Mitten in unserem Wohnzimmer lag die Hakenkreuzfahne und obendrauf ein Haufen getrockneter Scheiße. Wahrscheinlich gab es vorher um die Stadt einen starken Abwehrkampf, der hin und her ging für einige Zeit, bis endlich Ruhe eintrat. Alles in allem eine komische Situation im sich ankündigenden Monat Mai, wo die Sonne heller schien und ich zum Geburtstag sogar noch eine runde Handtasche bekam, die ich mir um den Hals hängen konnte und die nach Teer roch, super!
Eigentlich waren in dieser Zeit nur Frauen zu sehen, kleine und größere Kinder und alte Männer. Die jungen Männer waren weit weg. Keiner, der schützen konnte, nur die Menge schützte uns, sie war der Mantel, die wärmende Decke, denn die Väter waren alle weg.

Sie waren erschossen, ihr wisst es, oder in der Gefangenschaft, obwohl sie vor nicht langer Zeit noch da waren, ordengeschmückt und randvoll mit diesem aufgesetzten Mut. Ihr wisst es!

Dann aber war in Stralsund der Krieg zu Ende nach dieser langen nächtlichen Luftschlacht und vier stocksteife russische Soldaten in sauberen Uniformen im noch steiferen dunkelgrünen Militärwagen kamen von der Straße herab direkt auf mich zu und in der Kurve, kurz vor mir, kippte der Wagen. Alle purzelten heraus, schön! Kein Wort des Erschreckens, nur dumpfes Gemurmel, entschiedenes Aufstehen, sich Schütteln, Einsteigen und Weiterfahren. Das gefiel mir.

So also sahen Sieger aus: strahlende, ordengeschmückte Schönheiten, stolze Steifheit in wodkavoller Disziplin, alle bis hin zum Rand gefüllt mit Schnaps und Erfolg.

Denn anders waren sie als ihr, meine geliebten Brüder mit den Helmen, unter denen ihr schwitztet und geradewegs in den Tod ranntet, und anders als die Wankenden mit erdigen Stiefeln oder Lumpen an den Füßen, die Gefangenen, die lachend die Hände hoben, wenn ich mit meinem Spielzeuggewehr auf sie zielte.

Die Sonne ging auf und ich wurde 6 Jahre alt.

Sechstes Bild

(Wie das Kind noch einmal in die Heimat zurückkehrt und doch wieder wandern muss)

„Die Bauersfrau dort in rosiger Frische spricht:
Wohin hat Gott uns verschlagen?
Wehe uns frohen Gesellen!"   *(Anhang, Nr. 2)*

Jetzt also war der Krieg zu Ende und was nun? Der Hunger wurde immer schlimmer, das heißt, es gab auch mal gar nichts und deshalb gingen Mutter und ich in die Umgebung, um zu Betteln oder um Reste zu suchen. Reste von Brot oder Büchsen, die in Unterständen irgendwo im Wald manchmal zu finden waren. Es war gefährlich, denn die Russen hatten Ausgang, waren nicht immer in ihren Unterkünften und sie waren nicht zimperlich, deshalb ging man gerne in Gruppen mit Sichtkontakt, weil es einfach so sein musste. Beim Betteln bekam man wenig. In manchen versteckt liegenden Unterständen im Wald aber, wo eben noch deutsche Soldaten hausten, waren frische Holzbänke und Gestelle zu finden, wo auch schon mal eine Dose versteckt lag oder am Boden herum kullerte. Oft aber gärte der Inhalt und die Dose hatte einen dicken Bauch und man trat, wenn man nicht aufpasste, in Scheiße, war somit vollends in der Realität. Das reichte dann wieder für eine kurze Zeit, um nicht weiter zu suchen. Und dann kamen aus der Ferne womöglich einige Russen und wir nahmen meist unsere Beine in die Hände und trollten uns. Wenn man bedenkt, eine scheußliche Zeit voll von eigenartiger Hoffnungslosigkeit, die einen auch noch richtig stresste. Ganz weit her aus dem Versteck meiner Erinnerungen erkennend meine ich auch, dass wir einmal mit dem Zug auf die Insel Rügen gefahren sind und das riesige Monster PRORA gesehen haben, die Kreidefelsen und die dunkelbaue Ostsee mit ihren rollenden und schäumenden Wellen durch grüne Bäume war ein Bild, das wohltut, auch heute noch.

Bald nach dem Kriegsende kam die Weisung, sich wieder einzufinden, zu sammeln am Bahnhof in Stralsund. Zurück ging die Reise nun wieder in den Osten, in offenen Waggons ging es zurück in die Heimat. Am Tag brannte die Sonne in die mit Menschen vollgestopften Waggons. Nachts war es oft unruhig. Keine Stunde ohne Abenteuer. Wenn aber der mehr dahinzuckelnde als zügig fahrende sehr lange, jetzt oben offene Güterzug anhielt und auch, wenn er weiterfuhr oder wenn er glaubte, weiterfahren zu müssen, war es richtig abenteuerlich. Dann rannten diejenigen verzweifelt hinterher, die im Moment nicht mehr im übervollen Waggon waren, weil sie vielleicht beim Austreten in den Büschen saßen oder sich unter die Waggons gelegt hatten, um Schatten zu finden gegen die stechende Sonne. Und der Notdurft-Eimer wurde oft herumgereicht und einer oder meistens eine schüttete ihn dann hinunter auf die heimatliche Erde. So düngten wir unsere Heimat, voller Hingabe.

Am Abend, wenn der Zug irgendwo hielt, gingen wir Kinder in die Wiesen hinaus und lasen verloren herumliegende Munition auf, die wir einem der wachhabenden, lässig herumstehenden Russen in erdfarbener Uniform freundlich überreichten, damit er in die Luft schießen konnte.

Da lachten sie alle, der Schütze und die jubelnden Kinder und die Munition zog einen goldenen Bogen über das schöne Land hinweg und segnete es.

Als es irgendwann einmal zu Ende war mit der abenteuerlichen Reise nach etwa einem Tag und einer Nacht, nahm uns eine Schule auf in einem Ort; der Name des Dorfes klang wie Heimat, es war Hansfelde, heute heißt es wohl Tychowo. Es ist diese eigenartige, leicht hügelige schöne Gegend, rechts der Oder und polnische Bauern, die bereits hier waren, fuhren nun polnische Zuckerrüben umher, von denen einige vom Wagen flogen. Diese lasen wir auf und steckten sie unter die Decke, bis sie, das heißt, bis der Schnitt, der mit dem Messer gezogen wurde, blau anlief. Die versteckte Zuckerrübe war so etwas, wie ein Bonbon, wie ein Rettungsanker, wie eine Zuflucht, aber es würgte und man kotzte und würgte wieder, bis uns der Hunger später nochmals übermannte. Aber um den schäumenden See zu laufen mit einem lebensfrohen polnischen Freund und einkehren in dessen Hof, den sie jetzt hier besaßen, das war ein kindhaft schönes Erleben, an das ich mich heute noch gerne erinnere.

Auf einmal stand diese stämmige rotbäckige Bauersfrau vor mir und meinem jungen Freund und sagte sinngemäß: *"Wir sind nur Gäste hier, ihr kommt bestimmt wieder".* Die aus dem Stall kommenden Männer murrten zwar, doch sie ließ nicht locker und ich hatte erste Ahnung von lauterer Tapferkeit und warmer Weiblichkeit, weil auch die Töchter freundlich blickten, flink waren sie und lebenswarm.

Unruhige Nächte und ängstliches Flüstern unserer jungen Frauen im kleinen Lager, der örtlichen Schule, es waren ja nur wenige und zudem ältere Männer anwesend, keine Beschützer von Bedeutung. Und oft das versuchte Eindringen der lauten wodkaverliebten Russen nachts, im Streit mit den polnischen Hausherren, die jetzt eigentlich das Sagen hatten. Wie oft, ich weiß es nicht.

Und einmal schon wieder das nächtliche Gemurmel, Unruhe und russisches Begehren aus der Ferne, dann polnisches Beruhigen aus der Nähe. Ich konnte es erkennen, und an den Sprachen unterscheiden, wer gewann. Oft setzten sich die tapferen polnischen Bauern durch.

Tagsüber dann auf hohem Posten, in dem Holunderstrauch vor unsrer Schule, in der wir hausten, saß ich und all die grünen Blätter hielten mich verborgen. Er ist, der Baum, als Wunderbaum den Bauern immer heilig schon gewesen, denn seine Früchte spenden späten Segen, wenn dunkel sind die Beeren, schwer und blau. Wenn man Gelee draus macht und Saft und Wein.

Jetzt also saß ich in ihm drin und sah, wie man die schöne Frau heraustrug, sah ihr Mal am Hals, sie lag auf einer Bahre, um sie herum bald tanzten Mücken, Fliegen. Ihr Kind, ein kleines Mädchen, kroch leise singend jetzt auf ihrem Leib herum und küsste sie inständig.

Jedoch, die schöne Frau war tot und dieses kleine Mädchen küsste seine schöne Mutter ständig, derweil ich zusah und die braune Kette, die den Hals verbarg, bewegte sich zur Seite oft und dann wurd` jeweils sichtbar dieses blaue Mal.

Es war auch ab und zu das dunkle Mal am Hals verschwunden und tauchte immer wieder auf. Und staunend saß ich in dem Busch, wobei mir meine Kehle wieder trocken schmerzte.

Als aber im Spätsommer von polnischen Bauern die Pferde eingespannt wurden, unsere Mutter und Tante nicht mehr in der russischen Militärküche aufkochen durften, wobei sie mir manchmal leckeren Kartoffelbrei zusteckten, wurde eine ziemlich große Menschenmenge von überall her zum Aufbruch zusammengestellt.

Es ging wieder in Richtung Oder, also westwärts zurück. Aber welch` andere Situation jetzt! Aufbruch mit Hektik. Von den aus Wägen baumelnden Füßen wurden hier und da Schuhe und Stiefeln gezogen, Geschrei, das oft ergebnislos verlief. Die

Großmutter meiner Freunde reichte allen weinend ihre Hand zum Abschied als sie in ein Krankenhaus kam und war gesund dann später überraschend wieder da.

Siebentes Bild

(Das Kind auf dem Weg durch ein zerstörtes Land)

„Harte Gesellen zeigten im Spätherbst ihr graues Gesicht,
hölzerne Wagen wurden zum Treck gebildet.
Über den Oderfluss ging es,
der Steg war verhalten gebaut,
und von geölten Brettern sprangen die Bettler in `s Nass."
(Anhang 2a)

Unterwegs zu sein inmitten von Fuhrwerken und nebenher Soldaten in eigenartigen Mützen, das birgt jetzt die Erinnerung, verblassend und undeutlich, nur in Schüben kommen die Bilder. An Feldern vorbei laufen wir schleppend und den Kinderwagen schiebend, selten nur werden wir gefahren. Panzer, voll besetzt mit russischen Soldaten, jungen Leuten in erdigen Uniformen, mit groben Stiefeln an den Beinen, nach einem versprengten Gegner suchend, begegnen uns. Ernsthafte Gesichter, misstrauisch und hellwach schauend, immer auf der Hut. Ich meine sogar, Flieger wären dicht über uns geflogen, hätten einmal uns in die Gräben gejagt. Und eine nasskalte Übernachtung in einer großen Ziegelei, deren Mauern mich heute noch manchmal im Traum überraschen. Unser stürmisches Einbrechen mitunter in grüne Erbsenfelder ist wie ein aufschreiendes Erlebnis. Der Hunger wird für kurze Zeit stillgelegt, Kartoffeln, die wir suchen und finden, rösten wir hurtig über dem Feuer.

Manch` warme Nacht zu lagern im Freien, da schützen uns die polnischen Posten. Tage, in denen wir nur noch Kartoffeln suchen, nur Kartoffeln. Und finden sie wirklich und braten sie wiederum über dem Feuer, das lustig brennt im Viereck der Steine. Ein Herd, ein kleiner, der Freude spendet. Brotzuteilungen keine in dieser Zeit. Dann eine Übernachtung, es regnet heftig, die Scheune ist groß und auffallend neu. Sie birgt die Armen zunächst und bringt doch den im strömenden Regen Fliehenden nächtliches Unheil in seltsamer Fülle, Erlebnisse, die heute noch kommen und gehen. Müde lagern sie, nass und stumm, unfähig, bald Kommendes zu verstehen. Erwachen dann plötzlich zur Mitternacht, als Stimmen sich nahen und Unruhe bei den Frauen und rasch jetzt das vollzogene Aufsitzen der drei Kinder für eine Weile; aus Decken wird eine Rolle gebaut und schnell, nur schnell das Lagern der Kleinen zum friedlichen Schlafen wieder draufgelegt. Drei Winzlinge jetzt mit den Köpfen auf weicher Rolle, darunter verborgen die Mutter. Es nähern sich männliche Stimmen, Aufblitzen der Taschenlampen, Suchen und Finden. Die Tante wird fordernd angesprochen, - geht mit. Nebenan löst sich ein Schuss, begleitet von einem Feuerstrahl, Aufschreie und allmählich dann wieder eine zu spürende Ruhe, die wartet und wartet in langer, in dunkler Zeit bis der Morgen graut. –

Am nächsten Morgen murmeln sie, ein Alter wollte seine Tochter schützen. Beschweren konnte man sich mittags drauf bei einer russischen Kommandantur. Die Frauen sprachen von harter Bestrafung, die Tante weinte. Das fiel mir auf; sie war eine frohe Natur, niemals zuvor sah ich sie weinen, auch später nicht, als sie mit Mutter dem Schicksal standhielt.

In den sonnigen Vormittagsstunden des nächsten Tages dann sichtbar für uns eine Landschaft am Fluss, wellig, und überall liegen noch Kriegsgeräte. Dinge, die irgendwie grün aussehen, auch rostig, verbogen, im Dreck vergraben und die verschreckten Menschen schleppen sich mühselig in Kolonnen dahin. Immer dabei die polnischen Soldaten in ihren viereckigen Mützen, das Gewehr auf dem Rücken.

Jetzt aber leuchtet der breite Fluss uns auf und hinüber führt eine Brücke. Was? Ein Geländer, ein Bretterverhau, doch irgendwie eine Brücke bei Crossen und eine verlumpte Gestalt naht von der Seite. Humpelt wie aus dem Nichts herbei und stoppt den niedrigen Kinderwagen, fuhrwerkt, sich dauernd umschauend, in ihm herum, Proteste vergebens. Der junge Soldat neben uns läuft rot an, wendet sich ab. Die Gestalt, jetzt fluchend, reißt die wärmende Decke vom Boden des Kinderwagens. Der Kopf des schlafenden Kleinen rumpelt laut auf; fluchend macht die Gestalt sich fort.

Bettellied

Da kommen sie, die Reste aus einer Zeit,
Als man aus der Behausung uns stieß,
Meine Frau, meine Kinder zusammentrieb,
So, wie die hier laufen, liefen auch sie.

Ich hab` mich versteckt, bin ihnen entkommen,
Das Leben geht weiter, ich werde bekommen,
Was mir gehört, es stört mich ganz sicher
Keiner hier, mein Leben ist hin.

Verflucht sind sie alle:
Sie sollen es sehen, wie fertig ich bin!

Und nun tastet sich der kriechende Menschenwurm vorsichtig über den Fluss, die Oder. Tief unter uns zwischen den Brettern ist sie zu sehen. Langsam fließt sie dahin, wie zum Abschied uns tröstend. Die einzige, scheint es, die mit uns leidet und winkt doch wirklich diesen alten Mann zu sich hinunter. Die Frauen schreien, die Köpfe werden uns weggedreht. Geräusch von Wasser, das unten aufspritzt. Herauf grinst rostendes Kriegsgerät:

Das wäre es, jetzt dort unten zu sein und damit hantieren, noch einmal den Starken zu spielen, ihr Lieben und euch zu rächen und Siege heimfahren, Siege, nichts als Siege!

Geschmack von „Rügenwalder" Wurst im Gaumen breitet sich aus. Und wirklich, Zwiebeln, die zum Trocknen lagern, werden nach der Überquerung der Oder gefunden und zärtlich in die Hosentasche gesteckt. Das Leben lacht!

Achtes Bild

(Wie das Kind die große und zerstörte Stadt Berlin erlebt und den Zeitgeist trifft)

„*Unter dem Ast einer Eiche sitzt der Geblendete, singend, Summend ein Lied voll Sehnsucht aus der verlorenen Zeit.*"
(Anhang 2c)

Erstes Kinderlied

Allerliebste Lumpenkinder spiel`n im Sommer, spiel`n im Winter, schwärmen aus, um was zu sehen, können in die Felder gehen und in manch verlass`nem Haus schauen sie nach Dingen aus, die man essen könnte, trinken, oder wo die Sachen winken, die man - mit Verlaub - kann nehmen, ohne sich dafür zu schämen. Kurz, es ist als ob es wär` leicht und gar nicht mal so schwer: Morgen oder übermorgen wollen Zwiebeln wir besorgen!

Bei Crossen über die Oder und dann hinein in einem unglaublichen Bahnhof, es könnte der von Frankfurt a.d. Oder gewesen sein.

Hier wimmelt es von hastenden Menschen, von russischen Soldaten, die Brot anbieten für Uhren und Goldringe und Mutter hätte beinahe ihren Ring hergegeben, doch das angebotene

Brot dafür war ihr zu gering. Waggons bis hinauf zu den Dächern voll mit Menschen beklebt und selbst auf den Dächern sitzen sie fest aneinandergepresst und beim Anfahren eines Zuges neben uns plötzlich ein grober Stiefel, der sich am Kinderwagen abstößt, dass dieser um ein Haar auf die Geleise gedrückt wird, doch alles geht gut.

Das lange Warten auf dem überfüllten Bahnsteig wurde endlich beendet, als ein mitleidiger Lokführer mit seinem Heizer unseren Kinderwagen auf die Lokomotive hievte, auf den Tender. Ich wunderte mich, dass es möglich war, doch der Kinderwagen wurde fest verkeilt und wir hatten ein Schutzgeländer, das ausreichend war.

Dann die Fahrt in den Abend, es war Sommer und man hielt zwischendurch an, um Wasser zu tanken mit einem dieser riesigen schwenkbaren Wasserrohre.

Und jetzt die langsame Einfahrt hinein in die unglaublich verwüstete große Stadt Berlin, von der man hier oben alles sehen kann. Es ist noch hell und es riecht brandig, weil uns zusätzlich auch Lokomotivenqualm um die Nase zieht. Und die überall noch rauchenden, zertrümmerten Häuser - mehr ihre stolzen Reste - sie grüßen uns treu (und deutsch!), heißen uns traurig willkommen. Ein Bild für einen surrealistischen Maler, er hätte ein reales, furchtbares Motiv vor Augen.

Berlin wird im Flug genommen

Kreischendes Schleifen der Räder auf Schienen,
Lautes Geschrei aus geborstenen Fenstern,
Rasende Züge, die neben uns fahren,
Stolpernde Menschen wie Tiere, die flieh`n.

Tosende Schwärme, das rauschende Wasser,
Das aus gebogenen Rohren schwappt,
Rauch in der Luft und das Bild einer Stadt,
Die ihre schlechteste Zeit vor sich hat.

Als wir bei unseren Verwandten am späten Abend klingeln, sind diese sehr überrascht. Doch ein richtiges Bett ist da und gutes, warmes Essen. Am nächsten Tag der Gang zum Bäcker, ich erinnere mich genau, ausgehungert hänge ich am Ende der Warteschlange.

Eine Frau dreht sich zu mir hin, schüttelt erst ihren Kopf, gibt mir dann ihre wertvollen Essensmarken und unter Schluchzen deutet sie der Bäckereiverkäuferin an, sie möge mir das ihr zustehende halbe Brot geben. Ich nicke und mache eine artige Verbeugung. Daraufhin wird diese liebe Frau derartig von einem Weinkrampf geschüttelt, dass sie mir nun selbst leidtut.

Das war Berlin und das ist Berlin für mich noch heute, ihr Lieben, die ihr verscharrt liegt, wo auch immer, wartend auf ewige Wiederkehr vielleicht, vielleicht schon vergessen, aber nicht von mir. Denn diese Frau ist eine von Euch; sie hat erlitten, was ihr angerichtet habt, als ihr in den Krieg gezogen seid. Denn ihr habt gesungen: „wenn alles in Scherben fällt" und jetzt war es so geschehen.

Das Brot wurde allgemein bei meiner Wiederkehr bejubelt, ich aber gelobt und geherzt. Das sollte sich in Zukunft noch mehrmals positiv bewähren.

Tags darauf dann die Überführung in ein Lager nach Tegel. Jetzt kam zum Tragen, dass die wärmende Decke unseres Jüngsten, Jörg, vor ein paar Tagen von diesem komischen Kauz, dem zerlumpten und unglücklichen Menschen, geraubt wurde. Jetzt schlug die Erkältung zu oder der Hunger, Lungenentzündung war der Befund. Auch mein Bruder Dieter wurde krank. Beide kamen in ein Krankenhaus, zusammen in ein Bett.

Im Lager war es langweilig. Nur in den Nächten hielt man es dort aus, um zu schlafen, sich auszuruhen von unsäglichen Tagen. Und wenn der Hunger einen quälte, machte man auch am Tage dort in den harten Betten schlafend zuweilen Bekanntschaft mit einem komischen Gesellen, dem Zeitgeist, der immer noch irgendwie alles beherrschte:

Zeitgeist: *Kannst du mich hören?*
Kind: *Ja, ich kann.*
Zeitgeist: *Wie geht es dir?*
Kind: *Du siehst es doch! Und wie geht es dir?*
Zeitgeist: *Na, Du kannst es sehen, wie ich alles drehe hier in Berlin, wie immer. Emsig, sage ich dir, emsig bin ich am Werk als Geist der Zeit, als Zeitgeist geistere ich umher.*

Kind: *Du hast niemals auf mich gehört, Onkelchen, oder Zeitgeist und hörst auch jetzt nicht auf mich! Denn, als ich mit meinen Bleisoldaten spielte, habe ich schon gesehen, dass du den Krieg nicht gewinnen kannst, du Knalltüte!*

Zeitgeist: *Was heißt hier Onkelchen oder Knalltüte, mehr Respekt bitte und etwas leiser, denn: Für Dich bin ich immer noch der Große, der alles im Griff hat, auch wenn ich dir heute als Geist erscheine!*

Kind: *Ehrlich? Du hast doch damals schon gewusst, wie wir Kinder gedacht und heimlich geredet haben, du weißt doch immer alles. Selbst deine Pimpfen haben den Kopf geschüttelt und nicht an deinen Endsieg geglaubt. Wie konntest du eigentlich glauben, dass ich an Dich* glaube? Darüber hast du dir wohl nie Gedanken gemacht, oder? Ich habe deine Reden im Radio gehört und sehr bald gemerkt, dass alles nur schieflaufen wird. Aber du hast mich nicht auf deinen Schoß genommen, Onkelchen! Ich hätte dich gewarnt und nicht nur gebetet für dich und meinen lieben Vati. Du hast überhaupt mit den Kindern in unserem Deutsch-Kindergartenland schlecht gespielt und bestimmt gedacht, wir merkten es nicht. Bist schon ein richtiger Depp gewesen!

Zeitgeist: Nein, ich war immer auf Höhe der Zeit und viele waren auf meiner Seite als ich mit euch spielte. So, wie ich dachte, dachten auch die, die so dachten wie ich, als wir zusammen gegen die Welt rannten. Oh, sie sind mir gerne gefolgt und auch jetzt - du siehst es - wie sie mir immer noch folgen. Ich drehe sie immer wieder, mein Lieber!

Kind: Ja, ganz verrückt warst du. Die Freude am Schreien hat dich verführt und es war wirklich so, dass vielen deine Art gefallen hat. Jetzt siehst du, wohin das geführt hat.

Du bist, das weiß man jetzt, wirklich verrückt gewesen und du hast sogar kleine Kinder abholen und tätowieren lassen, sagen die Menschen. Getötet hast du sie und du wirst sie immer wieder töten und verstümmeln, dass sie überhaupt nicht mehr leben wollen. Dafür werden dich die Menschen einmal ächten, die menschlichen Menschen, nicht die, die Kinder und mutige Menschen immer wieder töten werden, mutige Menschen, die immer wieder gegen dich aufstehen werden. Und Plakate hast du malen lassen, Männer mit großen Nasen und riesigen Ohren, und ich habe damit gespielt, bis mich meine Mutter einmal davon weggerissen hat. Hast du dich eigentlich nie geschämt für alles, was mit uns passiert ist? Wir sind gerade an der Oder entlang gestolpert, riesige Krater überall und der Gestank nach Leichen. Wie gefällt dir das zerstörte Berlin?

Zeitgeist: Berlin, na ja, es fängt sich schon wieder. Aber, verrückt oder irre, so werden sie mich später immer wieder nennen und damit von der Mitschuld all dieser Menschen ablenken, die mir gefolgt sind. Ob ich mich geschämt habe? Keine Ahnung! Und überhaupt: warum denn, mein Guter?

Kind: Warum denn? Frag nicht so falsch! Du weißt es genau. Du hast Kinder gequält und sie mit Nummern tätowieren lassen, du Drecksack! Und selbst die kleinen Goebelskinder hast du elendig sterben lassen. Aber Deinesgleichen werden immer wieder Kinder zerstückeln und töten, bis die Welt, die ganze Welt dich ächtet, du schrecklicher Geist! Wir Kinder halten zusammen, merk dir das!

Zeitgeist: Woher willst du das alles wissen, du Überschlauer?

Kind: Weil ich mich dafür interessiere, Zeitgeist, schon jetzt! Dass ich nicht lache, Zeitgeist! Was ist denn an dir geistig? An dir ist doch überhaupt kein Geist, höchstens Ungeist. Und sie haben dich fast noch „heilig" gesprochen, denn sie haben dir das „Heil!" zugerufen, du Depp! Oder hast du dich selber „heilig" gesprochen, zuzutrauen wäre es dir.

Zeitgeist: Ja, gut, ich habe sie draufgestoßen, das stimmt, weil es mir gefallen hat. Aber sie haben es gerne getan, weil ich ihnen entsprach, denn sie sind so wie ich. Und weil ich sprach, wie viele von ihnen und auch dachte wie sie, DENKE ICH IMMER WIE SIE UND DESHALB LENKE ICH SIE!

Kind: Ja, wie ein Hund hast du gesprochen - und wahrscheinlich auch gerochen - und das Animalische, wie das von einem Wolf, sagen jetzt viele, das wäre dein eigentlicher Geist, stimmt das? Auch für die Zukunft?

Zeitgeist: Ich werde wiederkommen!

Kind: *Du wirst wiederkommen, bis der Alte mit dem Knochenfinger dir den rechten Weg weist.*

Zeitgeist: *Quatsch, ich werde immer wieder kommen!*

Kind: *Ich weiß es und wir Kinder rufen dir zu gegebener Zeit den Alten mit dem Knochenfinger herbei, das heißt, wir singen ihn herbei und dann stirbst du! Dann stirbt deine Zeit, du Geist, du Zeitgeist, du verdammter Kriegsgeist, der entsteht wie brennende Fackeln, weil Väter ihre Söhne schlagen und sie härten zu grausamen Wesen.*

Zeitgeist: *Hast mich wohl durchschaut, Kleiner? Schade, dass wir uns nicht früher trafen, ich meine, etwas enger. Mein Vater, der war wirklich brutal und daher kommt alles, weil mich keiner in meinem Leben von Herzen liebte, von Herzen, verstehst Du? Nur meine Mutter.*

Kind: *Und das hast du nicht verstanden, du Armer, das hast du nie verstanden, dass man sich liebt und eine heile Familie braucht. Das wolltest du nicht, wenigstens eine kleine Familie haben. Und so hast du sie lieber zerstört, all die glücklichen Familien im deutschen Land, in Europa und anderswo, weil du tief in deinem Inneren neidisch warst auf glückliche Familien, gib es endlich zu! Aber du hättest dich ja an dem Glück der Anderen wenigstens erfreuen können,* das hätte dir gutgetan Und auch, dass man sich selbst lieben kann, das hast du niemals erfasst?

Zeitgeist: Weiß nicht!

Kind: Mürrisch siehst du aus auf den Bildern, wie aus der Welt genommen. Ja, Missgunst und Neid waren deine ständigen Begleiter und selten die Freude am Leben. Und wenn du privat charmant warst, wie manche sagen, war das immer nur gespielt. Denn sonst hättest du nicht deine ersten Freunde ermordet und, weil deine „Führergewalt" „frei und unabhängig, ausschließlich und unbeschränkt" war (Anhang 8), einen Krieg nach dem anderen angezettelt, wie du es immer schon geträumt hast, sondern hättest dein Volk, das dir die winkende Hand zuwarf, in einem weiten und großen Frieden stark in Arbeit und in Glück gemacht. Du hättest es gekonnt, alles auf einen sicheren Weg zu leiten, wenn du nur deiner inneren guten Stimme gelauscht hättest und wir hätten dich wirklich „heilig" gesprochen und dein Bild würde bei uns hängen für eine lange Zeit.

Aber nein, du musstest dich ja früher anziehen wie ein Mafiosi und bist mit einer Hundepeitsche herumgelaufen und zwei Bücher, die keiner lesen wollte, hast du deinem Freund in die Schreibmaschine gekrächzt. Nur, dass dein Buch dich verraten hat und man es auch im Ausland gelesen hat, genau gelesen hat, das hast du nicht vermutet, was? Oder vielleicht doch irgendwie gehofft? Dass man vielleicht dachte, so einen Depp brauchen wir noch in Europa oder in der Welt, auf so einen haben wir gewartet, mit dem drehen wir ein Ding? He, wie?

Zeitgeist: *Sehr gut, Kleiner! Nun, ich bin bei euch alle Tage bis zum Ende der Zeit in allen meinen Gestalten und spiele mein Spiel weiter mit den aufgesetzten Bajonetten und mit klingender Musik, wenn überall auf der Erde die Machthaber der Nationen zu Besuch auftauchen. Und die Menschen freuen sich weiterhin über das Spektakel und sie beginnen irgendwann vielleicht doch wieder einen Krieg, einen letzten, Kleiner. Da siehst du, was auf Menschen wirkt und du nennst es Blödsinn oder so ähnlich?*

Kind: *Ich nenne es Verbrechen und das wirst du büßen, denn du hast nicht nur die Familien zerstört, das Heiligste im Leben der Menschen, sondern auch eine hoffnungsvolle soziale Zukunft für uns alle, auch für DICH und deshalb werden wir dein allerletztes Requiem singen, wir singen es für dich und auch für uns.*

Zeitgeist: *Huch, ich gehe jetzt lieber!*

Kalt war es plötzlich, richtig kalt, als das hungrige Kind aus seinem Traum erwachte.

(Ich bin, wenn ich diese Begegnung mit dem Zeitgeist hier lese, doch ein wenig im Zweifel, ob man mir den Text abnimmt. Die verrückte Zeit damals ist dafür verantwortlich und man kann als Kind davon vielleicht märchenhaft berichten. So habe ich mir - als dem Kind - das in den Mund gelegt, was hilft, die damalige Zeit und ihre Denkweise, den Zeitgeist, einigermaßen zu verstehen).

Im Lager Tegel aber roch es real den ganzen Tag nach Kohl- oder Kohlrabi-Suppe. Diese dünne Suppe gab es oft, garniert mit grünem Kohlrabi-Kraut, das oben drauf schwamm und außerdem mit Kartoffelschalen verziert war. Und an jedem Tag, etwa um 10 Uhr, wurde dazu etwas Brot verteilt.

Das war meine Zeit: Anstellen, um Brot für drei oder 4 Personen zu holen, es abgeben und dann wieder zurück schleichen - vorbei an der geöffneten Tür zum Vergabezimmer mit einem kurzen Blick hinein - weiter den Gang wie zufällig entlang bummeln und wirklich, nach einer Weile erscheint ein Kopf in der Tür, nickt mir zu und eine Hand winkt mich heran. Eine zweite Zuteilung ist sicher, prima!

Neuntes Bild

(Das Kind beerdigt seinen Bruder, trifft noch einmal den Geist der Zeit und wandert nach Mecklenburg)

„Und auch der Sieger,
in Pose,
mit lärmender Elefantenmütze,
gab hohnlachend Einstand.
Wochen der Not." (Anhang 2b)

Groß, sehr groß ist das Lager in Tegel und der uns bekannte Geruch von Kohlrabi- Suppe durchdringt wieder die Räume. Wir fahren jeden Tag mit der U- oder S-Bahn durch eine völlig zerrüttete Stadt und Soldaten in sonderbaren und gefütterten Mützen, schon im Spätsommer, umgeben uns überall. Der Duft von verbranntem Holz, von verglühtem Sand und von Metall liegt in der Luft, in der Nase und im Mund. Das Gewusel auf den U-Bahnhöfen ist unaufhörlich und immer wieder neuartig. Ständig auch der Versuch, bei Verwandten unterzukommen, aber es geht nicht. Und noch einmal: es geht nicht, es geht wirklich nicht. Dann kommt die Nachricht, dass der Kleine, unser Jörg, gestorben ist.

Auf einem Bollerwagen fahren wir ihn sorgfältig vom Krankenhaus zum Friedhof, wo ernste Männer ihn in eine harte Erde legen. Vorsichtig haben wir ihn gerollt, nicht gestört werden sollte er (!), und lächelt uns zu, der Kleine, hält in der Hand einen Strauß gelber Blumen und sein freundliches Gesicht begleitet uns wie ein Licht auf dem Heimweg ins Lager. Dort aber ist es trist.

Abschied

Hielt ein kleines Kind im Arm,
Sang so schön und schlug die Augen
Und mit seiner hellen Stimme
Jagte es mein Herz zum Himmel.

Tauben spielten auf dem Dach,
Als ich es zu Mittag wiegte,
Und die Sonne, die uns sah,
War barmherzig uns und nah.

Ging hinweg und kam nicht wieder,
In der Hand die gelbe Blume
Sprach es wie zu sich allein,
Dass wir sollten fröhlich sein.

Die Tage im verwundeten Berlin waren hektisch. Wir versuchten wie störrisch immer wieder, bei unseren Verwandten unterzukommen. Stundenlanges Fahren mit der S- und U-Bahn, deren einzelne Wagen in einem Zustand waren, der mit verdreckt noch gelinde zu benennen wäre. Und überall diese beweglichen russischen Soldaten in ihren erdgrünen Uniformen und das Stimmengewirr, das in den Bahnhöfen tobend umhersprang und eigentlich die ganze Stadt beherrschte. So stolperten wir tagsüber durch eine zerstörte Stadt, bestaunten die Wüstenei der Trümmer, sodass eine weitere unwirkliche Begegnung fast greifbar in der Luft lag und abends bei eintretender Dämmerung wie um die nächste verdreckte Ecke hervortreten konnte.

Erneute Begegnung mit dem Zeitgeist und mit einem Engel

Durch die düsteren traurigen Straßen, wo Schutt nur liegt zuhauf und Müll,
leuchtet am Abend zuweilen das Mondlicht, eine Gestalt naht heimlich und still.

Berlin, du siegreiche einst - gequält jetzt - demütig flehend erhältst du Hilfe
von deinen Menschen, sie stehen Dir bei, wenn auch Unheil durchläuft deine Straßen.

Denn, wie die Zuversicht, wie die Gewissheit, dass eine Rettung immer vorhanden,
Erscheint dir von oben - oder von innen – engelsgleich eine Friedensgestalt.

*Es lugt dort tatsächlich in schlotternder Hose ein
Wolfsgesicht flugs um die Ecke und pfeift,*
*schlenkert die Arme, ein leises Zittern, traurige Augen und
Hundegeruch.*

*Ein Junge erkennt ihn und grüßt ihn mechanisch, den Arm
erhoben,*
schon fällt ein Schuss.

*Aus allen Ecken kommen die Schergen, Mitläufer, Sieger,
Besiegte hinzu,*
*bestaunen den Hageren, randalieren, wissen nicht weiter,
bis endlich ein Greis*
zeigt mit dem Finger auf ihn und gebietet:

*Lasset ihn gehen, wir liebten ihn sehr, all seine Worte,
betörende Schreie,*
die aus verwundeter Kehle kamen.

*Wenn er den Arm erhoben, geschüttelt - sich, die Gestalt,
den Fuß vorgesetzt - und seine Stimme, den Satz von
Verdummung*
um sich geschleudert, wie jubelten wir!

*Glückselig waren ihm untergeordnet: Risiko, Habgier,
Blut-Hass und Adel,*
*gaben ihm aufjubelnd frei ihre Stimme, sich zu bereichern,
die Armen zu schinden.*

Und selbst die Kinder senkten die Blicke, nickten vertraut und lachten ihm zu,
als von den Briefmarken er auf sie blickte und sie ihn sorgsam von hinten leckten.

Stolz war die Jugend, zwar wusste sie nicht, was ihrer Zukunft Aussicht war,
vorerst durfte sie spielen und üben als seine junge verschworene Schar.

Heiliger, sprachen die Menschen, und hoben schwörend die Hand ihm blindlings hin,
hoch soll er leben und lange und - ach -, dass er so edel, so kräftig sein Kinn.

Ritterlich ritt er auf manchem Bilde, trotzige Miene zum trotzigen Spiel,
süß seine Worte und golden die Aussicht, in der Gebärde so viel Gefühl.

Und auch die Mädel reichten Gebinde, kreischten (wie später den Rocksängern) zu,
ich will ein Kind von dir, aus dem Schädel gehst du mir nicht, du Schlimmer, du.

Jetzt, sprach der Greis und wies mit dem Knochen, der ihm als Finger blieb, heftig auf ihn: Jetzt magst du gehen, gehe jetzt endlich, gehe und lass dich nicht wiedersehn!

Eine Posaune tönt, eine Wolke fährt aus ihm raus und kräuselt ihn ein,
drückt ihn gen Himmel, der Spuk hat ein Ende, alles darf wieder wie vordem sein.

Einige Zeit noch roch es nach Schwefel, denn seine Därme hatten nicht Platz
für alle Fülle seiner Gefühle, für seine Hoheit, ein richtiger Schatz.

Wiederkommen werde ich erst, ruft der Engel, wenn dreht sich die Zeit,
wenn zur Besinnung kommt diese Welt, Friede herrscht und Friede gedeiht.

Im Herbst endlich geht es hinauf in den Norden. Wir kommen durch eine Landschaft, die voll ist von Flüchtenden. Diese ziehen nun ihre Wege, wer weiß schon, wohin? Und beinahe, welch Überraschung, werden wir sesshaft in einem Dorf, ein Onkel von uns wohnt dort. Der aber ist ein Politmensch, hatte schon immer dem Sozialismus gedient, im Krieg aber war er unabkömmlich, als Flugzeugbauer brauchte er nicht zu dienen. Nun wollte auch er nichts mehr von uns wissen, schickte uns weg. Wir waren traurig. Doch oftmals, wenn etwas nicht gelingt, kommt eine Wendung, die weiter uns bringt.

*Hoch in den Norden, nach Mecklenburg ging es, erst in ein
Dorf, dort nahm man uns auf.
Kartoffeln mit Soße wurden gereicht; war es auch lecker, es
blieb nicht im Magen.*

*Dann ging es weiter, wir konnten nicht weilen, Goldberg, so
hieß unsre kleine Stadt,
heißt sie noch heute, dort konnten wir bleiben, weil man uns
Zuflucht gegeben hat.*

*Bald war befreundet man mit zwei Damen, diese besaßen ein
sehr schönes Haus.
schnell war das nächste Zuhause bereitet, hier gab es Halt und
Sicherheit.*

*Oftmals zur Nacht schlugen laute Soldaten barsch an die Tür
und wuchteten heftig,
aber sie hatten das Spiel nicht bedacht, dass in dem Haus
Offiziere wohnten.*

*Diese gaben aus offenem Fenster, wenn es zu laut wurde,
strenge Kommandos,
daraufhin trotteten traurige Trupps lautstarker Trinker von
dannen vorerst.*

*Bis sie in nächsten Nächten versuchten, wieder den Frauen
näher zu kommen,*

manchmal konnten ängstliche Schreie deutlich wir hören und fürchteten uns.

Und es wurden an hellen Tagen Wodka-Kannen herbeigeschleppt, lautstarkes Lachen ertönte am Abend, Tanzen und Singen bis weit in den Morgen.

Zauberer spielten für fröhliche Kinder, im Theater zeigte man uns, Hänsel und Gretel, die Hexe, den Kasper, des Teufels Großmutter, hohe Kunst.

Eines Tags aber kroch die Krankheit in unser Zimmer und nahm sich die Tante, dann die Mutter, wir wurden gegeben in die Obhut von alten Leuten.

Doch die Idylle dauerte nicht, auch die zwei Alten wurden krank, die uns so liebevoll versorgten, jetzt kamen wir zu härteren Menschen.

Dann kamen Mutter und Tante wieder, endlich ging es zurück in das Haus, das uns zuerst so freundlich empfangen, jetzt nahm es wiederum schützend uns auf.

Zweites Kinderlied

*Zwei Knaben wurden zu Pflegeeltern
freundlich gebracht, dort konnten sie schlafen
in weichen Betten, die Alten, sie kamen,
schlugen vor Freude die Hände zusammen,
nahten sich den friedlichen Betten,
hatten Bonbons und was noch in den Händen,
küssten die Kleinen und wurden krank,
was für ein Elend die Knaben fanden.*

Mutter und Tante kommen zurück aus dem Krankenhaus und das Leben geht weiter.

Aber nun hieß es, den Hunger zu stillen - mit süßen Kartoffeln, geklaut aus der Miete.

Mutter und Tante, sie wurden geschlagen - mit einer Peitsche, und weinten zusammen.

*Ein Schmied wohnte damals gleich neben uns - der hatte Gänse und einen Ganter;
Hinter mir her war der Ganter, der Schmied - er war wie wild und zwar hinter Frauen.*

Gänsebraten briet er und sprach - das musst erzählen Du deinen Damen,
Sie können kommen und essen nach Lust - du darfst derweil gerne spielen im Garten.

Im langsam kommenden Frühjahr dann - sah Blindschleichen man im Garten sich kringeln.
Spielen am See, Beobachtungen auch - wie durch die Stadt wieder Gruppen marschierten.

Uniformen blaue und wieder - hörte man Füße treten und Lieder
Stolz, so sah ich es, vorne die Mädchen - und dahinter die Jungen bieder.

Ein Zirkus zog langsam vorbei am Haus - sehnsuchtsvoll die Kinder am Fenster,
Der Elefant sah wie ein Ungetüm aus - die huschenden Tiere wie dürre Gespenster.

Plötzlich ein Brief von Oma und Tante - hin und her wurde jetzt geschrieben,
Die Ahnung war da, das Warten zu Ende - die Reise lag vor uns im rollenden Zug.

Inzwischen sangen russische Soldaten, die auf einem nahen Gelände ihr Lager aufgeschlagen hatten, abends ihre sehnsüchtigen Melodien, die bis zu uns herüber klangen. Sehnsucht nach dem heimischen Herd? Ja, ihr Lieben, jetzt sangen sie ihre Lieder, sanft und harmonisch und sie sahen genauso aus in ihren verschlissenen Uniformen, wie die von damals, wie die aus Stargard in den frühen Jahren des Krieges. Damals wankten sie in dichten Reihen in einer endlos langen Schlange an mir vorbei und lachten und nickten mir zu. Jetzt lagen sie hier und sangen mich in den Schlaf und nicht ihr seid es gewesen, sondern sie, die gesiegt hatten. Aber ihr ahntet es damals, seid ehrlich, dass alles in die Brüche gehen könnte und deshalb habt ihr mich nicht angesehen, als ich an der Straßenseite auf meinem Dreirad saß und euch beobachtete. Und ich hätte es euch gerne zugeflüstert wenigstens oder sogar zugerufen damals, dass ihr in großer Gefahr seid.

Habt ihr jemals eine Symphonie von Tschaikowski gehört, ein Klavierkonzert von Rachmaninow oder ein Buch von Dostojewski gelesen? Dann hättet ihr es gewusst: Russland greift man nicht so einfach an.

Im vergangenen kalten Winter   -   fuhren Mutter und ich nach Parchim.
In den verkackten und zugigen Wägen - hausten die Russen und sangen fröhlich.

Freundlich boten sie Brot und Wodka - freundlich sprachen sie mit den Frauen,
Und von Verwandten in der Stadt -   wurden wir aufs Beste empfangen.

Blutwurst gab es, es gab Kartoffeln, -   gekocht wie früher bei uns zu Hause
Und in der Nacht ein warmes Bett, -   drinnen schmiegte ich wohlig mich ein.

Doch auf der Fahrt zurück nach Goldberg   -   überraschte uns klirrender Winter,
Scharf fuhr der Wind und der Schnee war hoch - bald sank ich nieder, die Glieder matt.

*Einen Schlag ins Gesicht bekam ich, -   sollte mich legen **nicht** in den Graben,*
Endlich kam ein Gefährt heran, -   nahm uns mit, es kam wie gerufen.
Und in der Nacht danach dieser Hunger, -   plötzlich schlich er heran wie von hinten,
Weinte leise, es war wohl zu hören, -   Mehlbrei beruhigte meinen Magen.

Der 1. Mai im nächsten Jahr wurde richtig gefeiert. Auf dem Marktplatz in Goldberg versammelten sich viele mit Orden geschmückte Sowjetsoldaten und stellten sich zur Maiparade auf. Ich war misstrauisch, ob sie dem standhalten konnten, was ich Jahre vorher in Stargard erlebt hatte. Eine Musikkapelle machte sich bereit, ein lautes russisches Kommando war zu vernehmen. Dann marschierten sie los.

Keine kleine oder große Locke, ihr Lieben, wie bei euch damals, sondern ein sehr schnelles Einsetzen der vollen Orchesterlautstärke mit einem Marsch, der nicht aus einem Gebetbuch kam. Es rauschte auf und Dschingis- Khan erschien für einen Moment. Fremd waren die Klänge und schön. So marschierte der Frühling ins Land.

Mit dem Zug dann hinein in den Sommer - ab in den Westen, das war nun klar.
Schmackhafte Brote wurden gereicht - der Zug, er rollte, kam bald an die Grenze.

Doch nicht einfach wurde der Gang - in die so lang ersehnte Freiheit.
Nein, eine Stunde an der Grenze - mussten wir warten und Mutter war wütend.

Richtig zornig aus der Baracke - kam sie, wo die Beamten hausten.
Ja, es schien, als weinte sie gar - als sie auf diese Männer schimpfte.

Andere Frauen kamen hinzu - auch sie redeten laut und trotzig.
Als wir sie fragten winkten sie ab - ließen sich lange von uns nicht trösten.

Schließlich hatte das Warten ein Ende - anderntags ging es über die Grenze,
Fröhlich wurden wir jetzt empfangen - Schwestern in Weiß die Kochlöffel schwangen.

Zehntes Bild

(Das Kind erlebt als Erwachsener wiederum eine Flüchtlingswelle, wundert sich darüber aber nicht, weil das Spiel mit dem Krieg gänzlich zu entarten droht.)

Das Leben geht dahin wie im Flug, denkt man gelegentlich, weil es einem wirklich so vorkommt. Es ändern sich die Zustände der Tage und Nächte, wir sagen sogar, es ändert sich die Zeit, doch sie tut es nur irgendwie. Irgendwie ändert sich alles ein wenig und doch wieder nicht, denkt man. Das liegt an den Menschen, die sich so etwas ausdenken, an uns, und somit liegt es dann wohl auch an der Zeit; was sagt Ihr?

Und weil es eventuell so ist, gibt es natürlich auch dies und das, was es immer gab, und eigentlich ändert sich, so gesehen, nichts, denn es gab ja schon immer alles, was gut und schlecht zu benennen wäre, also wirklich dies und das. Kriege zum Beispiel. Richtige Kriege mit Verlust von Heimat, von Leib und schönem Leben. Und es kommen dann eventuell Flüchtende wieder ins Bild. Ja, ins Bild kommen wiederum echte Flüchtlinge, wie auch unechte und zwar in Mengen, vertrieben und getrieben vom unseligen Krieg, Krieg als Machtausübung von Menschen.

Da bedeutet es nicht viel, dass Tag für Tag und Nacht für Nacht die Medien neue Meldungen bringen, dass alles furchtbar sei und der Krieg eigentlich geächtet müsste, ausgetilgt aus dem normalen Miteinander der Menschen. Aber da ändert sich nichts, denkt man, ehe nicht bald Friede herrscht, denn die Mengen von Flüchtenden sind einfach sonst nicht aufzuhalten.

Es ist ja auch wirklich kein Wunder, wenn wieder mal irgendwo geschossen wird, was das Zeug hergibt; ich meine jetzt, was die neuen wunderbaren Waffen hergeben. Denn auch das kann man natürlich sehen und sogar in Bild und Ton nachempfinden, wenn man es nur möchte. Dass es jetzt zum Beispiel viel besser funktionierende Waffen gibt als jemals zuvor. Bei YouTube kann man es bildlich und hörbar nachempfinden. Und wer dafür zu begeistern ist, mag sich all diese neuen Waffen ansehen und beim Vorführen der einzelnen neuen Panzer das markante Panzerlied sich extra dazu reinziehen. Haha, wie lacht da so manches Soldatenherz ob der Herrlichkeiten, die demnächst anstehen!

Und Deutschland wird mithalten. Sicherlich, so war das nicht gedacht damals, gleich nach diesem fürchterlichen Krieg, den man miterleben musste damals, im Jahr 1945. Ich meine jetzt: auch zuhause, also in jeder Familie machte man diesen fürchterlichen Krieg mit. Und wie!

Wie hätte man aber direkt nach diesem unnötigen und äußerst grausamen 2. Weltkrieg die damalige Lage, die zukünftige politische Angelegenheit mitten in Europa zum Guten wenden können? Wäre eine Neutralität Deutschlands nicht die bessere Lösung gewesen, eine politische Variante, die von der Sowjetunion anfangs der 50-er Jahre, wie ich meine, irgendwie mal angeboten wurde, sogar mit der Möglichkeit, etwas vom Verlorenen im Osten eventuell wieder zurückzugewinnen? Und der für sich schon schöne Wert einer Neutralität im Herzen von Europa, der hätte uns gut angestanden, voll von Möglichkeiten, dem Frieden nämlich zu dienen. Genau wie in den 30-er Jahren zuvor, als man lieber auf eine aggressive militärische Variante schielte, mit Erfolgsaussichten bis zum Ural (!), die aber keine waren, wie man später einsehen musste. Doch damals sich schon für eine Neutralität zu entscheiden, wäre sicherlich auch die vernünftigere Sache gewesen, allerdings ein Novum. Auf eine starke eigene militärische Präsenz hätte man dabei gar nicht verzichten müssen, im Gegenteil (so wären die alten und neuen Militärs denn auch zufrieden gewesen und man hätte nach dem Rat von Clausewitz sich ganz und gar einer, wenn nötigen, Verteidigung verpflichten können, die allemal besser und günstiger zustande zu bringen gewesen wäre als dummer Angriff). Aber nein, es musste ja wieder Krieg sein, gemäß der Sucht, die seinerzeit wohl in Deutschlands Offiziers-Kasinos vorherrschte und dem alten preußischen Denken verpflichtet war: *Allet andere is schlapp, wa!* -

Und das hat ihm sicher gefallen, dem, der sich damals als selbsternannter und umjubelter Führer wähnte und vielen der anfänglich nüchternen Deutschen vielleicht auch.

Welche politischen Möglichkeiten, ja Räume hätten sich in einer Neutralität damals oder überhaupt aufgetan? Vor allem im Zusammenhang mit einer erfolgreichen Politik zusammen mit Russland. Russland als möglicher (!) Stabilisator einer europäischen Idee der Friedensvermittlung bis hin in den großen eurasischen Raum hinein, fabelhaft. -

Aber jetzt, im Jahr 2016, ist der Krieg sozusagen wieder zuhause, irgendwie „dahoam", wenn man so will. Weil er, der Krieg, in die Zimmer gesendet wird, jeden Tag, und auch wir ihn spüren. Verdammt noch mal!
Da hilft es nichts, wenn man abschaltet. Da hilft es auch nicht, wenn man irgendwo hin zappt. Es ist richtig zapfenduster, denn überall wird man beschossen mit den Bildern des Grauens, an dessen Zuständigkeit man sich regelrecht gewöhnt.
Und jetzt kommen also diese Flüchtenden gerne auch nach Europa. Nach Europa kommen sie schon, aber wie. Und wenn sie schon mal hier sind, müssen sie auch irgendwo hingehen können, so denken sie - und da denken sie richtig -, dass sie auch im Irgendwo irgendwie aufgenommen werden.
Wenn sie sich da mal nicht täuschen. Gut, zuerst werden sie schon empfangen und das Mitleid bei uns Deutschen, zum Beispiel, ist groß, sehr groß mitunter.
Doch allmählich schwindet das Erbarmen. Das Erbarmen bleibt auf der Straße, auf den Feldern, am Stacheldraht, oder in den Lagern liegen. Auf dem Meer aber verschwindet das Erbarmen manchmal direkt und plötzlich im Wasser.
Allmählich werden dann, mit der Zeit gehend, die Geflüchteten, zumindest gefühlsmäßig, irgendwie überflüssig. Obwohl man sie bei uns eigentlich ganz gut gebrauchen könnte. Als Ärzte zum Beispiel, als Ingenieure, als Krankenschwestern, als Studenten, als Arbeitnehmer für unsere Industrie und überhaupt wegen der Überalterung bei uns.
Denn wir in Europa sind überaltert, so liest man es oft. Die Rentner haben ein Problem; sie bekommen nicht genügend

Rente, so hört man es. Dabei sind sie eigentlich das Problem. Ja, die Alten sind eines Tages wohl das richtige Problem. Deswegen benötigen wir, besonders auch in Deutschland, den Zuzug von jungen, ausgebildeten Leuten für eine gute Zukunft. Damit die Alten leben können, weiterhin gut und gerne leben; das haben sie sich verdient. Das hätten sie sich noch verdienter verdienen können, wenn sie oder ihre Alten es nicht vor über achtzig Jahren vergeigt hätten. Mit einem unseligen Krieg haben sie es vergeigt, anstatt zu arbeiten wie fleißige Menschen überall auf unserer Erde, um vielleicht damals schon mit ihrem Einsatz ein einiges und reiches Europa zu ermöglichen. Und außerdem sind sie einer Sucht gefolgt, einer Gier nach etwas, das stinkt immer zum Himmel, und diesen Gestank werden wird vielleicht noch ausführlich zu riechen bekommen, wenn nämlich wirklich „alles in Scherben fällt" und zum Beispiel das immer wieder so angebetete Kapital unser Leben in der „Nach-Postmoderne" miteinander auflösen möchte (!), weil es wieder einmal meint, nur ganz Wenigen könne es liebevoll angehören, haha, und diese Menschen wären sowieso mit sich allein zufrieden und bräuchten eigentlich keine Nachbarn.

Und so stank das Ganze damals - vor etwa achtzig Jahren - schon sehr, wie auch speziell derjenige, der als Anführer oder „Führer" seinerzeit das totale Sagen hatte, als später im Bunker seine Generale sich am liebsten die Nase zugehalten hätten, wie man es nachlesen kann. -

Aber das mit den Flüchtenden wird nun in die Hand genommen, denken wir; von Brüssel, so denken wir - und von Deutschland - wenn wir die zuständigen Politiker hören, wie sie es immer wieder vorbringen in ihren gelegentlichen Reden; was sie demnächst alles tun werden und dabei verlegen das Tempo ihrer Rede und manchmal sogar ihren Ton vernehmlich verändern. Dabei würden unsere Flüchtlinge hier vor Ort, wie man hört, sogar gerne wieder in ihre Heimat zurückkehren, wenn es möglich wäre. Zumindest die Geflohenen aus Syrien, so hört man es immer wieder, sie denken so. Und auch unsere speziellen Empfang-Komitees sorgen manchmal dafür, dass die armen Geflüchteten gerne wieder nach Hause gingen. Da wundert man sich manchmal schon gar nicht sehr, wenn das Volk außerdem schreit, dass es „das Volk" wäre und zwar ein Volk gegen dies und das und alles Mögliche mehr. - Wenn nur der unselige Krieg dort im Nahen Osten endlich zu Ende ginge, oder? Es gibt ja auch noch anderswo Krieg auf unserer Erde. Überhaupt ist das eine eigenwillige Sache mit den Kriegen; dass sie zum Beispiel nicht so bald aufhören werden. Ja, so scheint es wirklich zu sein. Wahrscheinlich wird sehr viel mit den verdammten Kriegen erreicht, verdient sozusagen. Und so ist es wohl immer gewesen. Sagen wir es offen: Somit ist wieder einmal bewiesen, dass alleiniges Geldverdienen und Machterringen - indem man zum Beispiel Kriege führt - nicht das A und O unseres Lebens sein kann, aber wer will das schon hören?

Da redet man lieber von Taktik und von Strategie in diesen Fällen. Wenn zum Beispiel Russland sich wieder einmal gewaltig einmischt und teilnehmen möchte an der ganz großen strategischen Nummer, an der weltweit sich ausprägenden, sich aufdrängenden Zukunftssicht etwa oder wie auch immer. Nicht nur in der Ukraine, nein auch im Osten, im nahen und im entfernteren Osten wird ja tapfer mitgemischt. Wobei wir eigenartiger Weise in Deutschland eher auf Seiten Russlands stehen, meine ich; selbst in schwierigen Fällen wie der Krim-Angelegenheit. Wahrscheinlich aus Dankbarkeit wegen der ermöglichten Wiedervereinigung damals Ende der 80-er Jahre im vergangenen Jahrhundert und, natürlich (!), aus strategisch-ökonomischen Gründen, weil es zu Europa gehört, zu einem mit ihm eventuell vereinigten, dann noch stabileren Europa mit militärischer und ökonomischer Stärke von bisher unvorstellbarer Größe (was natürlich dann sicherlich unseren Partner, die USA stören würde, aber irgendwie auszuhalten wäre, warum denn nicht?).

So kommt das Buch von Samuel Huntingtons „Kampf der Kulturen" wieder einmal mehr zu seiner Bedeutung, wie es ihm zusteht. Dass sich nämlich die Grenzlinien der eigenen politischen oder religiösen Bedarfsansprüche (also für Krieg oder Mystik, sprich: Religion!) entlang alter Religions-Grenzen dahinziehen. Und das ist schade, sehr schade, geradezu schädlich, kann man sagen. Denn diese historischen, von Menschen gezogenen Linien, sind in der Regel wirklich oft die Grenzlinien für kriegerische Verwicklungen gewesen und zurzeit wieder in Gebrauch, wie es scheint.

Ach, es geht, so betrachtet, doch immer wieder nur um alte oder neue Befestigungslinien, wahrscheinlich für eine jeweils eigene gute Position, wenn es irgendwann einmal in Zukunft richtig ernst werden sollte. Gute Schachspieler sind also gefragt.

Und es wird vielleicht wirklich einmal ernst werden, wenn sich, jetzt im Frühjahr 2016, nach langer Zeit, das türkische Militär mit schweren Waffen einmischt. Offiziell um gegen Terror zu kämpfen und nebenbei die Kurden an der Bildung eines eigenen Staates zu hindern, aber wohl auch, um einer vor langer Zeit verlorenen Machtposition wieder habhaft zu werden im Nahen Osten, und zwar mit erstaunlich islamischer Farbtönung. Da geht es ganz einfach wahrscheinlich darum, etwas mehr an Respekt zu gewinnen, den die Osmanen seinerzeit - verdient oder unverdient - einfach irgendwie verloren hatten nach dem ersten Weltkrieg.

Das osmanische Großreich zersplittert, zerrissen von den Siegermächten, nachdem es tapfer an der Seite der Mittelmächte, also auch an Deutschlands Seite, gekämpft hatte, leider vergebens, wie man weiß. Und Russland war damals und ist heute ein gewichtiger Gegner. Immer war Russland der wichtige Gegner der Osmanen, schon allein wegen der verschiedenen Religionen, wegen des Bosporus natürlich auch, wegen der Meeresenge dort, wegen der Dardanellen. Und heute, eventuell vereint in einem gemeinsamen Europa? Ein möglicher Segen für die Zukunft natürlich. Doch, stehen die Zeichen ehrlich dafür? Scheint nicht gerade die Türkei im Moment demokratisch unstabil zu sein, mehr auf dem Sprung in eine Präsidialherrschaft mit islamischer Grundfärbung, eventuell hin zu einer Art Islam, der auch im Westen Anklang fände, weil er modern wäre, der Vernunft untergeordnet? Dann stünde einem Beitritt der Türkei in die EU wohl nichts mehr im Wege, wenn nicht der islamische Weg doch noch in eine wahhabitische Richtung führte.

Wie auch der ganze Streit in der Ostukraine natürlich nicht nur der Krim wegen entstanden ist. Hier verlaufen, wie gesagt, die alten religiösen Grenzen. Wir im Westen nehmen das vielleicht nicht so genau wahr, aber die Menschen dort schon, denke ich; ganz abgesehen von den ethnischen Verschiedenheiten der dortigen Völker, wo zum Beispiel auf der Krim auch eine tatarische Minderheit lebt und zudem die Kosaken ebenfalls ein Wörtchen mitreden möchten und die Russen natürlich erst recht, weil sie einmal ihre Landsleute dort im Sinn haben und zudem die Sicherheit der Schwarzmeerflotte natürlich.

Aber die Türkei könnte wirklich eine ganz andere Stellung einnehmen im Nahen Osten. Nehmen wir einmal an, die Kurden bekämen endlich ihr ersehntes autonomes Gebiet, womit die Türken aber einverstanden wären, dann hätte die Türkei ganz andere Spielräume, könnte quasi als mögliche starke und sichere Demokratie eine Sonderstellung einnehmen, bis sich auch andere Demokratien in der Region des Nahen Ostens entsprechend entwickelten. Dazu noch, wie gesagt, die mögliche Einbettung in ein vereintes Europa, was ja als Ziel einmal vor Augen stand (und hoffentlich noch steht!), und wir hätten eine wesentlich sichere Zone im Nahen Osten, zum

Beispiel auch in Bezug auf Israel und dann wäre vielleicht sogar eine Lösung des Palästinenser-Problems möglich.

Alles aber vorerst eine verzwickte Situation heute, auch, weil in der Türkei die Wiedereinführung der Todesstrafe droht oder gar ein Sultanat (*„der Sultan hat Durst"*), jetzt, da ich mein Geschriebenes hier überfliege und gerade einiges anknüpfe. Doch es ist nicht nur recht und billig, dass man an das Vergangene erinnert, auch die Zukunft muss immer wieder in den Blick genommen werden, unsere wichtige Zukunft hier in Deutschland, mitten in Europa und überhaupt die Sicherheit auf unserer Erde. - Und, wie man sieht, es geht ja wirklich einiges, wenn auch stockend. Manchmal schon. Dass es aber auch einmal langdauernd gut weitergeht, ist schließlich notwendig. Und wo kann man denn so gut und sicher leben, wie in Europa oder in den USA? Die Gegenwart verwandelt sich gerade wieder einmal (eigentlich dauernd!) in Zukunft, und zwar nicht von ungefähr, ist nicht so einfach zu gestalten, muss aber gemacht werden. Von wem? Von uns natürlich.

Wobei mir in den Sinn kommt, weil ich gerade meine Lyrik der letzten 40 Jahre im Moment zusammenfasse, dass ich vor über dreißig Jahren einmal in einem Gedicht den Krieg verflucht habe. „Schlag doch dem Krieg den Kopf ab", hieß es damals in KINDER DES KRONOS. Es gilt auch heute. Heute umso mehr, denke ich, hoffend und hoffnungsfroh, eben typisch deutsch halt. Und deshalb habe ich gerade meine Lyriksammlung *„Roter Klatschmohn sprang aus den Feldern"* veröffentlicht, in dem auch dieses erwähnte Gedicht enthalten ist. Doch, wen interessiert das?

Aber die Dinge, Herrschaften, sie sind nicht so einfach von der Tafel zu wischen wie in der Schule, wo die Schüler hübsch brav in ihren Reihen sitzen oder gerade auf ihren Sitzen umher schaukeln, weil ihnen irgendetwas nicht eingehen will, nicht ins Gehirn hineinwill, weil alles noch irgendwie unschön ist und doch so gefährlich, während bei vielen von ihnen (und auch von uns?) vielleicht gerne die beliebte Langeweile aufkommen möchte. Vielleicht hat der Westen es nur noch nicht verstanden, was gespielt wird. Vielleicht muss der Westen seine Vormacht nun langsam abgeben, nachdem er sich zu stark auf seine angebliche Stärke, die Ökonomie, die Ausnutzung von Möglichkeiten einer - sagen wir – gezielten Ausbeutung, gestützt hat und es hat doch nicht gereicht *für ein Glück für alle.* Es kann ja wirklich so sein, dass es nicht reicht, wenn man nur noch an die Börse glaubt und an das einigermaßen gute Einvernehmen von Arbeitgebern und Arbeitnehmern, und nicht, dass da mehr sein könnte. Gerechte Verteilung? Verteilung von was und wie denn, also eventuell doch mit einem Sozialismus?

Und dass der Westen oder das ganze Abendland sozusagen, einschließlich der USA, endlich einsehen oder begreifen müsste, dass die alte Kolonialzeit, die lange Zeit einer Ausbeutung und Sklaverei jetzt vom Süden oder Osten hergesehen, richtig eingeschätzt wird, das heißt, auf den Plan gebracht wird, aufs Tapet, wie es so schön heißt; das könnte doch der wahre Grund sein, dass wir jetzt alles zurückbekommen, was wir Weißen in der Welt oder in der Vergangenheit oder überhaupt *in der ganzen ZEIT* angerichtet haben, auch mit unserer Missionierung, im guten Glauben an ein Heil für uns (natürlich!) und für die Anderen? Ach, die Zeit, wie sie sich doch immer mal wieder verändert, oder eigentlich doch eher nicht? Im Moment stellt die denkende Menschheit uns im Westen vielleicht die Frage nach Allem, was passiert ist und wie es denn eigentlich weitergehen sollte mit uns Menschen hier auf der Erde, und wir finden vorerst keine Antwort darauf. Wäre fatal.

Vielleicht hängt ja vieles, was uns zurzeit beunruhigt, wirklich mit der „geistigen" Kraft zusammen, die in Religionen ruht und nur darauf wartet, irgendwann „explodieren" zu können? Ich meine, unsere christliche Religion ist ja nicht gerade zimperlich gewesen, auch von Anfang an nicht. Im frühen Mittelalter nicht, im späten oder im Barock schon gar nicht und im Moment? Und die Entwicklung bei uns hin zu dem, was wir die Errungenschaften des Abendlandes nennen, sozusagen unsere westliche Welt, mit all ihren schönen technischen Vorteilen, von Liberalität und von Freiheit und dem Anspruch auf Brüderlichkeit oder gar Kultur, wie steht es damit? Ich frage das jetzt wirklich ohne Ironie. Das, was wir uns hier erschaffen haben und was sich darbietet heutzutage rundum in der Welt, also auch an Technik, Handel und Wandel (unter eigenartiger Kontrolle allerdings!), das sollte vielleicht irgendwann einmal vorsichtig neu geordnet werden. Da ist wohl auch der Islam weltweit gerade auf der Spur des Aufholens von einstmals Verlorenem, denke ich. Der Islam, erstanden aus seinem Propheten Mohammed, dessen Koran alles enthält, was ein muslimisch fühlender Mensch im Leben nötig hat, was sich einem Westler aber erst dann möglicherweise erschließt, wenn man diese Lehre, diese vielleicht doch „göttliche" oder „engelhafte" Spur in ihr erahnt, wenn sie vor allem schön gesungen wird. Ich meine, darüber braucht man nicht zu streiten oder zu schmunzeln, das ist wohl so. Und somit ist die Wurzel des Verstehens (oder Sich-Verstehens) unter dem Aspekt „Islam und der Westen" vielleicht nur das mögliche Eingehen ohne Scheu auf diese für uns noch wie fremd erscheinende interessante Religion. Hier liegt vielleicht der Schlüssel für eine „Lösung des Problems", was wahrscheinlich aber gar keins ist oder gewesen wäre, wenn wir es nur schon früher erkannt hätten. „Es kam in die Welt, und die Welt hat es nur nicht erkannt", könnte man da unter Anspielung auf schon mal Gehörtes oder Gelesenes sagen und somit bekäme dieser etwas gewandelte Text aus dem NT eine andere Bedeutung.

Und - nebenbei gesagt – unsere christliche Lehre von der Eucharistie, die ja ein Genießen von Fleisch Blut Gottes (allerdings in Form von Brot und Wein) zum erlösenden Inhalt hat, ist für Muslime bestimmt sehr suspekt, um es einmal vorsichtig auszudrücken. Denn wenn man als Muslimin oder als Moslem bedenkt, was wir als Christen alles so glauben sollen. Also zum Beispiel: Allah kommt mittels „geistiger" Kraft durch eine Jungfrau auf die Welt, eigentlich als sein Sohn und lehrt wie ein Prophet, wird von den Menschen hingerichtet, steht von den Toten auf, lebt als Sohn mit seinem Vater und mit beider Geist (dem Heiligen Geist!) als „dreifache" (!) Einheit im Himmel und wird fortan weiterhin von den Gläubigen als Allahs Sohn (!) bis zu seiner erwarteten Wiederkehr am Ende der Tage (und wahrscheinlich auch der Nächte) als Brot und Wein genossen, aber eigentlich ist es göttliches Fleisch und Blut. Das Gleiche gilt für ein zumutbares Verständnis der Juden für unsere komplizierte Religion: Jahwe kommt als sein Sohn mittels geistige Kraft auf die Welt und so fort ...

Darauf muss man erst einmal kommen. Das wurde etwa um 350 nach Christi Geburt herum als neue Religion kreiert, gewiss damals eine gewaltige geistige (!) Leistung, aber heute? Dazu soll man sich als Christ zudem noch mutig bekennen. Man merkt jetzt vielleicht, wie schwierig die Sache mit dem Verständnis unserer christlichen Religion, sogar für uns Christen, ist. Und wie einfach und schön wäre es, dem Heiland naiv zu folgen und die herrliche himmlische Kraft, die geistige eben zu spüren, wie in der tröstenden Kantate von Bach (BWV 82): *Ich habe genug/ ich habe den Heiland/ das Hoffen der Frommen/ auf meine begierigen Arme genommen.* Und nach der Bergpredigt leben, das wäre genug, denke ich.

Somit hätte man, wenn man wollte, genug zu bereden unter den Religionen, um sich zu verständigen oder es wenigstens zu versuchen. Aber ich ahne es schon, es wäre am Ende ein begnadeter neutraler Gutachter notwendig, um wenigstens die drei monotheistischen Religionen zu versöhnen, wenn sie es denn überhaupt wollten. -

Es könnte vielleicht auch sein, dass wir den schrecklichen Fall am 11.9.2001 in New York überhaupt nicht recht verstanden haben und falsch gehandelt haben, wie man halt einfach schnell mal falsch handelt im Allgemeinen. Und wir dachten im Westen: Machen wir es mit Krieg, wie so oft schon. Ganz einfach, wie immer halt. Und das ging schief, wie wir es heute erleben. Dabei haben verstörte Kriminelle vielleicht an das ganz große Fenster geklopft, um unserem westlichen System zu sagen: Hallo, wir sind auch noch da! Wollen wir uns nicht zusammensetzen und die Neuordnung auf der Erde bereden?

Zugegeben, etwas sehr verkürzt dargestellt. Und jetzt müssen wir weiterhin schnell modernste Waffen schaffen und wir müssen höllisch aufpassen, ob nicht irgendein unbedeutender Staat im Süden oder Osten sich nicht bald rührt, um auch eines Tages die allerschädlichsten Waffen zu besitzen, die bei uns ebenfalls (in der Pfalz!) sicherlich gut versteckt getarnt sind. Und so beherrscht wieder die Angst das gesamte Feld der Möglichkeiten, unser ganzes Leben sozusagen, und die Kinder können einem leidtun, die sich auf ein schönes Leben vielleicht freuen und eines Tages vor einer Entscheidung stehen werden, die ihnen keiner abnimmt, es sei denn, sie hätten diesmal endlich die richtigen Personen gewählt, die sich immer wieder anbieten und alles wissen und richten werden.

Aber, wir sind ja auf der Hut und stark und da ist immer noch das ebenfalls starke Amerika, das stimmt wohl, und der Geist, genauer, die Dynamik des Geistes wird es richten eines Tages, da bin ich mir sicher, sind wir uns sicher, ja WIR. Hier in Deutschland und überall in Mitteleuropa und überhaupt auf unserer wunderbaren Erde wird der Geist wehen, der uns ermöglicht, uns zu befreien von allem Unvermögen und vom Vertrösten und Verspielen und von allem Zeitverlieren. Denn wir gehen zwar auf acht Millionen Menschen zu, die demnächst auf unserer Erde leben wollen, friedlich leben wollen, und dafür werden wir streiten, wenn es sein muss mit einer Demokratie, die gerecht ist, die direkt ist, wenn es sein muss und die damit aufräumt, dass nur die Reichen unterstützt werden, nämlich diejenigen, die sich mit Geld alles kaufen können und womöglich dafür sorgen, dass immer mehr Geld gedruckt werden muss und die dazu die Meinungen der Massen beherrschen und damit die Möglichkeit haben, etwas zu unternehmen, was vor allem *ihnen* Nutzen bringt. Das ist dann vorbei, allemal vorbei. Und auch meine fürchterlichen Kindheitserinnerungen wiederholen sich nicht mehr. Wie schön!

Ja, träume nur weiter, wird sich jetzt so Mancher und wohl auch Manche denken und damit hat er oder hat sie natürlich auch wieder Recht. So ist es doch.

Elftes Bild

(Das Kind kommt ins freundliche Niedersachsen, geht zur Schule, begegnet der Religion und einem Ersatzvater)

Nun aber zurück zur Kindheitserzählung. In Friedland kommen wir an; dort werden wir erst einmal geduscht und entlaust, dann gibt es eine warme Mahlzeit, das entspannt uns. In Hannover werden wir mit Schuhen verwöhnt, gelangen in eine große Unterkunft, in der man uns am nächsten Morgen die Schuhe wieder entwendet hat. Unglaublich, endlich im Westen und dann eine ganz neue Erfahrung. Eine wirklich komische Situation für ein paar Tage und dann die letzten Kilometer zu Fuß von Haimar ab in ein Dörfchen bei Peine, Mehrum heißt es, wo uns schon Tante und Großmutter erwarteten.

„Und Treue begann zu flehen im Garten der Großmutter,
selbst gebackene Stollen, Rosinen
und Butter und Hühner und Ei,
danach das Grün des Gartens,
ein Quittenbaum beugte den Rücken,
Stechmücken suchten das Licht,
Wespen umflogen die Nesseln.
Zuteilung wurde zur Freude,
Kühe bestaunten mit riesigen Augen den Tag,
draußen im Hain lag Egon,
hütete freundlich das Vieh." (Anhang 2d)

Erst einmal geht es zur Großmutter Grunenberg und Tante Martha in ein schönes niedersächsisches Bauernhaus, ganz aus roten Ziegeln gebaut. Die freundliche Bauersfrau, Frau Klinge, bewirtet uns köstlich. Dann melden wir uns beim Bürgermeister und Tante Martha spielt die Verbindungsperson. Keine Umstände, alles geht glatt, ein großes Zimmer wird mitten im Dorf bei einem Landwirt (*Siegfried Dröse*) hergerichtet, super. Dann ziehen wir noch einmal um, zum Bruder *(Heinrich)*, zunächst in eine schnell errichtete Kammer oberhalb der großen Diele (mit gestampftem Lehmboden), eine frisch gezimmerte hölzerne Treppe führt hinauf. Etwas später werden wir aber ins große Wohnhaus direkt neben der kleineren Diele gebeten, denn es kommen schon wieder neue Flüchtlinge und unsere erste Kammer wird neu belegt.

Unglaublich die Perfektion und die Schnelligkeit, in der die Flüchtlinge untergebracht werden. Das muss man wissen heutzutage, denn so wird deutlich, was Deutschland damals geleistet hat nach diesem für alle schrecklichen Krieg (und was wir eventuell wieder einmal schaffen müssen, wer weiß das schon!).

Die große Bauernfamilie nahm uns nun auf wie Verwandte. Eine enge, doch immer respektvolle Nähe fand sich ein. Wir Kinder spielten zusammen. Die drahtige Großmutter sehe ich heute noch, fleißig am Spinnrad sitzend und durch ihre Finger gleitet das Spinngut emsig ohne allzu oft zu reißen. Die Pferde durfte ich manchmal führen und hielt genau die Furche, als gepflügt wurde. Einmal ritt der rüstige *Heinrich* an einem sonnigen Tag auf seinem ungestümen Grauschimmel aus dem Hoftor heraus und hatte dabei das Tier derart unter Kontrolle, dass ich staunte. Sein Bruder *Siegfried* war doch der gute Reiter, der konnte richtige Kunststücke, wie braves Hinlegen mit seinem Pferd vorführen und beim Springen war er oft der Erste. Und Gewitter gab es im Sommer, dass man sich fürchtete. Wenn es abends oder nachts gar zu gefährlich wurde, holte man uns aus dem Bett und zusammen mit *Ilsemarie* und dem kleinen *Heiner* warteten alle gespannt oder auch betend auf ein gutes Ende. Einmal aber – nach einem sehr lauten Donnerschlag - ertönte durch das Geprassel des Regens hindurch die Feuertrompete und unser Hausherr musste ausrücken, weil irgendein Haus vom Blitz getroffen wurde und trotz des Einsatzes der Feuerwehr später wirklich ganz abbrannte. Das konnte man am nächsten Tag bestaunen.

Ich aber bin jetzt sieben Jahre alt und noch nicht in der Schule. Da wird es höchste Zeit, sagt man mir, dass ich eingeschult werde. Jetzt beginnt also die Zeit der Einschränkung, die ich schon früher in Stargard gefürchtet hatte, und kurz darauf - wunderbar - folgt sehr schnell wieder eine Ferienzeit, weil die Bücher, die es damals erst einmal gibt, wieder eingezogen werden und man wartet, bis neue erscheinen.

Da war wohl noch zu viel faschistisches Gedankengut in den Schulbüchern, wie ich später hörte. Da war wohl noch etwas, das klang, ihr Lieben, wie gehabt, wie von neulich, oder wie: "Auferstanden aus Ruinen"?

Wir aber beschrieben nun emsig unsere dürftigen Hefte mit Bleistiften, damit man sie mittels Radiergummi neu beschreibbar machen konnte. So wurden sie immer dünner und löchrig, ein luftiges Zeichen dieser Zeit. Im Sommer lernten wir Kinder Schwimmen im Mittellandkanal, Lehrer Müller brachte es uns bei. Das war ein neues Abenteuer, erst einmal das Schwimmen im fließenden Wasser und, weil dadurch zudem die Kähne oder besser die Züge der Kähne angeschwommen werden konnten, ein Vergnügen, das nicht ohne Gefahr war. Das Springen der Großen vom Scheitel des Brückenbogens hinein ins tief unten aufspritzende Wasser erwarteten wir mit ängstlicher Spannung.

Immer lagen Burschen auf der Lauer ganz oben auf dem Bogen, warteten, wärmten sich und dann stand der eine langsam auf, sodann der andere und nacheinander diese wunderbaren Kopfsprünge wie fliegenden Fische. Silbern sprangen sie durch die Luft, silbern spritzte das Wasser unten auf. Selbst die einfachen Sprünge gefielen, alle waren sie schön.

Wenn ein Gewitter aufzog, raus aus dem Wasser, wenn es vorbei war, wieder rein in den Kanal und getaucht im dunkelgrünen Wasser bis an das andere Ufer, wo Fischnetze lagen und Aale sich ringelten in Reusen. Irgendwie grün alles um uns herum jetzt nach dem Gewitter in der Tiefe der Strömung und warm das uns umschmiegende Wasser - wie ein imaginärer Mantel. Träume, die ab und zu in den Nächten wiedererscheinen.

Der Winter 1946 war kalt, sehr kalt, genau wie damals im Jahr 1945, als ich mit Mutter von Goldberg im zugigen Zug nach Parchim reiste und die Russen soffen, was das Zeug hielt; und die Frauen konnten sich so zieren wie sie wollten, sie mussten mithalten. Die Fenster der Waggons waren notdürftig mit Brettern verschlossen und es zog fürchterlich. Es war überhaupt damals alles unglaublich negativ und verkommen. Jetzt aber, ein Jahr später, im Winter 1946 auf 1947 wurde ich wirklich ernsthaft krank, erkältete mich und bekam die Grippe. Nie war ich vorher krank gewesen. Der selbst gewählte freie Aufenthalt in frischer Luft damals in Stargard und die Fluchtmonate, ja sogar die Lagerzeit in Berlin, alles wurde gesundheitsmäßig gut überstanden. Nun lag ich mit Fieber im Bett, eine neue Erfahrung. Genau wie die andere Erfahrung im nächsten Frühjahr, als wir auf einem übrig gebliebenen schwenkbaren Flugabwehrgerät spielten *(in Gedanken an euch, ihr Lieben, wieder einmal!)* und ich meinen linken Fuß irgendwie dort hineinbrachte, wo es nicht sein sollte. Man musste meine Mutter holen, die sichtlich erregt war und schimpfte. In einem Handwagen fuhr man mich nach Hause, das war schön. In einigen Tagen war das Bein wieder in Ordnung, wieder geheilt mit kalten Wasserumschlägen.

Was folgte, waren verspielte Jahre, das Nachholen von so Manchem: das Hüten der Kühe auf abgemähten Wiesen zum Beispiel, das Heimtreiben des Viehs und das Barfußgehen über taunasses Gras oder durch Kuhfladen, wobei es brannte, wenn man Risse in den Fußsohlen oder zwischen den Zehen hatte. Fußballspielen auf der Straße, Hockey-Spielen auf dem Eis im

Winter, die Schule, die ein Vergnügen war mit einem strengen älteren Lehrer Müller, der uns das Schwimmen beibrachte und auch ein leidliches Englisch, das gefiel mir. Und eine junge Lehrerin war da, in die ich mich regelrecht verliebte, aber wirklich.

Das Herumtoben in der Scheune im Stroh und im Heu und das hinunter Springen in die halbvollen Boxen war nicht ungefährlich, denn wehe, wenn einer der Knechte die Boxen eben erst geleert hatte und wir merkten es nicht und sprangen trotzdem! Wie die Fledermäuse segelten wir zielsicher auf den letzten Rest von Heu oder Stroh und waren froh, so froh, wenn wir uns innig umarmten.

Und zwei junge Freunde waren da, *Wulf und Volker Hartmann*. Ihre Eltern, so meine ich, waren aus Hannover in das Dorf gekommen, um hier nach dem Krieg zu überleben. *Wulf* war ein intelligenter Spaßmacher und *Volker* ebenfalls ein exzellenter Schüler, der bald aufs Gymnasium nach Peine wechselte. Was aber dort in dem kleinen und heimeligen Bauernhäuschen in kalten Wintertagen abging, war einfach nur fabelhaft. Die homerische Geschichte von Troja, Odysseus`s Irrfahrten und manches mehr an guter Literatur, schon damals vorgelesen, nacherzählt und ausgesponnen vor allem, wunderschön! Schlittschuhlaufen im Winter ganz in der Nähe auf einem klitzekleinen Teich oder Pfirsiche und Äpfel ernten sommers im großzügigen Garten, wo manchmal ein Schaf graste und, angebunden an einem Pflock, einen großen runden Flecken abfraß.

Was ich bis jetzt nicht wusste, dass ich katholisch getauft worden war, wurde nun zur Gewissheit. Und wie das auch heute noch gehandhabt wird, so wurde man auch damals jeder in der Schule nach seiner Religionszugehörigkeit gefragt, eingeteilt und danach erhielt man seinen Religionsunterricht, wie einfach! Einige Zeit mussten wir Kinder wöchentlich vom relativ kleinen Dorf Mehrum zum noch etwas kleineren Equord laufen. Dort wurden wir in allem unterrichtet, was zur Kommunion gehört. In Equord stand eine Kirche, die dem Petersdom in Rom nachgebaut war, natürlich kleiner. Diese konnten wir nie von innen besuchen, was mich ein wenig wunderte. Erst viel später erfuhr ich, dass Equord mit der Familie *Hammerstein* in Verbindung steht. *Kurt von Hammerstein*, dessen Leben vor einiger Zeit von *H.M. Enzensberger* in einem klugen Buch behandelt wurde, stammte wohl von hier. Er durchschaute *Hitler* von Anfang an, stoppte ihn aber leider nicht, schade!

Bald wurden wir nun zur Beichte gebeten. Mit etwa 9 Jahren (!) zur Beichte. Und dann nahte der Tag der Erstkommunion. Es war weit nach Ostern und es war heiß. In der Nacht vor dem „heiligen" Ereignis wachte ich schweißgebadet auf und schrie aufgeregt. Nur mit Mühe konnte man mich beruhigen. Ich hatte im Traum unseren Stier bei der Arbeit auf dem Bauernhof gesehen und war mir nicht sicher, ob ich nicht lieber noch einmal zur Beichte gehen sollte. Mit gekühlten reifen Erdbeeren wurde ich schließlich beruhigt, das tat gut. Ein richtiger kleiner Beichtfetischist also schon.

Sodann bei Sonnenschein die kirchliche Feierstunde und zu nachmittäglicher Gelegenheit, bei Kaffee und Kuchen, der neue Gefährte von Mutter, der eine Rede hielt, die sich gewaschen hatte:

„Einst in zukünftigen Tagen wirst Du dessen gedenken, was Deine Eltern und Großeltern, Dein tapferer Vater Dir vorgelebt haben. Und mache Dich dessen würdig, Amen!" Großmutter weinte. In Wirklichkeit sagte er: „*dabferer Vaader*", denn er war ein Franke.

Alleluja, der Sommer, der Sommer
Im jungen Leben der lustige Sommer.
Der sonnige Sommer mit seinem Spiel,
Der sonnige Sommer, der launige, schnelle,
Der Sommer, der liebe, der schattige helle,
Alleluja!

Großmutter Grunenberg war eine gestandene Frau, vor der man Respekt hatte. Sie war die zweite Frau meines Großvaters Martin, der im Jahr 1848 geboren wurde und bereits im deutsch-französischen Krieg 1870/71 - so hörte ich es - als Unterleutnant diente. Großvater Martin war also zweimal verheiratet und hatte insgesamt 12 Kinder. Von den Kindern aus erster Ehe wurde eine Tochter Klosterschwester, ein Sohn war als Theologiestudent im ersten Weltkrieg an den Folgen einer Krankheit gestorben, die er sich als Lazarettgehilfe zugezogen hatte. So war meine stattliche Oma natürlich gerührt von den salbungsvollen Worten unseres Gentlemans. Diesen Ton kannte sie von früher; damals war sicherlich ebenfalls oft von Ehre und preußischer Tugend die Rede, zumal, weil meine tüchtige Großmutter der Kaiserin Augusta sehr zugeneigt war, wie sie mir erzählte.

Der neue Gefährte meiner Mutter war uns im Sommer 1946 beim Baden am Mittellandkanal wie zufällig zugelaufen, ein Gentleman mittleren Alters, also in den besten Jahren, der zaubern konnte und vor allem aus dem Wald, wo er Verstecke angelegt hatte, dies und das hervorholte *(„Du bleibst mal hier stehen und wartest auf mich!")*. Mit Geschenken tauchte er meist wieder auf.

Auch damals wurde gewandert. Nach dem Mittagessen sonntags, daran erinnere ich mich genau, ging es mit ihm, Bruder Dieter und Mutti hinaus in die Landschaft. Mutti in Stöckelschuhen zum Ergötzen der Gesellschaft, aber immer nahe bei der Sache und gut gelaunt. Oft waren auch Bekannte dabei, vom gleichen Schlag wie unser Gentleman. Immer frische Luft, immer weit hinaus ging es und es waren meistens auch dieselben Bekannten, die mitliefen und entweder Waldhimbeeren suchten, Bucheckern oder Pilze und Muttis Füße litten fürchterlich.

Bei den besagten Bekannten ging es abends (wie man hörte) hoch her bei frohem Geplauder, langen Gesprächen, Maskeraden im Operetten Stil oder einfach nur unter lautem Gelächter. Dass zum Beispiel „die dummen Engländer" es überhaupt nicht merkten, wer in ihrer direkten Nähe lebte *(„und das ganz in der Nähe ihres Geheimdienstes, wie schön!")*.

Ich berichte jetzt, dass dieser Mann in den besten Jahren, dieser gebildete und geistreiche Mann unter einem falschen Namen lebte. So hieß er damals Johannes Schwandt, und erst später, Ende der 50-er Jahre, gab er seine richtige Identität bekannt.

Heute, im Zeitalter des Internet, bekomme ich Auskunft darüber, wo er vorher gelebt hat und dass er ein ziemlich hoher Parteimann, ein SA-Standartenführer erst in Würzburg, dann in Danzig und später Gruppenführer im Warthegau war und wie er wirklich mit vollem Namen hieß *(Elias Heinrich Hacker)*. Doch was er tat, wurde bisher nicht vollständig geklärt, auch das Wiesenthal-Institut kann keine Angabe machen, nur, dass er sich jetzt Heinrich nannte. Aber Heinrich stimmte auch irgendwie, und wenn er geschichtlich wurde in seinen Erzählungen von ehemals besseren Tagen, war er vielleicht ein Opfer seiner Erziehung oder seiner Phantasie, denn er erzählte uns, dass er einst *vor* dem Röhm-Mord einen Wink erhielt und dem blutigen Desaster gerade noch entwischen konnte, weil er sich irgendwo in der fränkischen Hochebene versteckt hatte.

Die Erziehung seiner Generation aus der „guten alten Kaiserzeit" war sicher die eines stolzen Erscheinens vor aller Welt, besonders *„vor dem Feinde"*, den man in den Jahren 1870/71 in Frankreich besiegt hatte. Im ersten Weltkrieg als Bayer bei der preußischen Artillerie gedient (auch eingesetzt während der 12. Isonzoschlacht, wie er später gern berichtete), sehr gebildet, in einer gern immer wieder bewiesenen humanistischen Ganzheit, so trat er auf und so trat er eines

Tages wieder ab, als Mutter ihren Jugendfreund aus der DDR heiratete. Mir und meinem Bruder Dieter aber war er wegen seiner Bildung und in seinem männlichen Gehabe eine Stütze in unserer Familie, ja, wir hatten ihn sogar liebgewonnen. Und so ist in mir, das gebe ich zu, auch eine Nuance dessen, was man gerne „faschistoid" nennt, hängen geblieben (bei *den* Vorbildern und *der* Berieselung in meinen jungen Jahren, mein Gott!). Aber ich kämpfe dagegen an, immer wieder, das verspreche ich, zumindest etwas will ich dagegen tun. Ja, meinetwegen, auch immer wieder einmal etwas mehr als gewöhnlich.

„Denn die Fahne ist mehr als der Tod", habt ihr gesungen, als ihr an mir in Stargard vorbeimarschiert seid, aber ihr habt mich dabei nicht angesehen und selbst, als ihr einmal diese schöne und tapfere Musik spieltet und die Trommel stark tönte und die Becken das siegende Zischen in die Luft pressten, hattet ihr Angst. Ich roch es, als ich zwischen euren Beinen während der Standkonzerte hindurchkroch. In den Pausen zwischen den Musikstücken zog ich bei euch herum und atmete den Schweiß von euch ein und der roch nach Bier und nach Angst als ihr damals schwitztet im Sommer, ihr wisst es.

Und wie die Ameisen, wie die Lemminge, schrittet ihr gen Osten (ich sah es und wunderte mich) direkt auf den Untergang zu. Als wäre dort in der Ferne irgendwo eine Schlucht, eine Klippe, von der es hinunter ginge in ein tiefes unendliches Loch. Und so handeltet ihr, wie ihr es gelernt hattet, aber vielleicht irgendwann einmal nicht mehr wolltet und es trotzdem tatet. Das wird jetzt verständlich.

„Wir gewinnen den Krieg, nein, wir verlieren ihn", so ging es einmal in Stargard hin und her, als sich zwei Pimpfen auf der Straße unterhielten. Und zuhause angekommen, ließ ich mir von Mutti auf unserem kleinen Globus zeigen, wo Deutschland liegt.
„Da gibt es nichts zu gewinnen, das wird nichts", dachte das Kind.
Jetzt aber, um 1947/48 herum, wo ich mit der katholischen Religion konfrontiert wurde, nahm mein Leben so etwas wie innere Fahrt auf. Erst einmal waren da gleichaltrige Kinder aus Schlesien, die *ganz sicher* wussten, was Religion ist und was sie ihnen bedeutete. Sie waren meine Schulkameraden und irgendwann luden sie mich am Nachmittag zu sich ein, wo über „Gott und die Welt" und auch viel über Jesus gesprochen wurde. Den Rest besorgte ein Lehrer, der Vater meiner schlesischen Schulkameraden, der aus Kriegsgefangenschaft zurückgekommen war und eine Kopfverwundung hatte. Er wurde sogar mein Firmpate, obwohl er ein sehr strenger Lehrer war und bei Unruhe in der Klasse ständig ausflippte. Trotzdem nahm ich ihn als Paten. Wir hatten ein Einsehen wegen seiner Kriegsverletzung, deswegen war auch ich nicht nachtragend.
Er war ja einer von euch, das war es!
Und man trat an mich heran, mich als jungen Messdiener zu gewinnen. Latein wurde nun auswendig gelernt, ohne echtes Verständnis natürlich. Das Stufengebet in seiner schönen Vielfalt wurde hin und her gesprochen und zwar schnell, sehr schnell. *("Introibo ad altare dei"* murmelte der Priester zu

Beginn der Messe und wir Messdiener antworteten: *"Ad deum qui laetificat juventutem meam".* "Zum Altare Gottes will ich treten" - "Zu Gott, der mich erfreut von Jugend auf"). Gesunde Sache, dachte ich.

Jeden zweiten Sonntag kam der kleine, freundliche Pfarrer mit dem VW-Käfer aus Hohenhameln zu uns nach Mehrum, wo die evangelische Kirche für uns zur Verfügung stand. Jetzt mussten wir nur noch in der Frühe einige Blumentöpfe besorgen und den Altar schmücken.

Oh, da war ich wie ein "Springinsfeld" damals schon frühmorgens auf, wenn Mutti und Dieter noch fest schliefen und ich besorgte dies und das bei freundlichen, schon wachen Menschen für die Messe. Dann ging es zur Sache mit dem Latein und es klappte wunderbar. Schön auch die Scheine, die uns wie flatternde Tauben vom gütigen, gemütlichen Pfarrer in die Hände gelegt wurden. Es war richtig viel, es war das alte Geld, doch dafür konnte ich mir immerhin eine neue Mundharmonika kaufen. Und wenn ich aus der Kirche heimkam, wunderte sich Mutti und Dieter schlief meist noch fest. Manchmal ging ich dann aber noch in eine evangelische Veranstaltung, wenn diese stattfand, denn es gab ja wieder etwas zu hören, zu sehen und zu singen. Das gefiel mir, weil es irgendwie festlich war und mir den frühen Sonntag verschönte.

Überhaupt verhielt sich die dortige evangelische Kirche, besonders in Gestalt des amtierenden Superintendenten und seiner Familie sehr fürsorglich gegenüber den katholischen Flüchtlingen. Uns Kindern wurde im Sommer auf einem bunten

Fest im schönen Garten so viel Leckeres zum Schmausen und Trinken gereicht, dass wir staunten. Schon damals also klappte es mit der Ökumene. Auch erhielten wir sonntags Religionsunterricht, wenn der katholische Pfarrer einmal nicht kam und so erscheint es fast wie eine Zumutung heute, dass momentan nicht wirklich mehr in dieser Hinsicht geschieht. Das ist sehr schade und liegt bestimmt nicht nur an der evangelischen Kirche.

In der Schule aber gab es weiterhin vieles, was für mich interessant wurde und vor allem, wie man wohl ahnen kann, waren es die Religionsstunden. Sie waren eigenartiger Weise nie langweilig. Einmal überraschte uns ein Mädchen auf die Frage, welche Marienfeiertage es gäbe und ob sie einen kenne, mit der Antwort: *„Ja, Maria im Gefängnis"*. Da waren wir sehr lustig. Wie interessant ist doch diese Religion! Dass es Gott gab, eine Kraft, die überall zugegen war, auch in uns, das überzeugte irgendwie. Einige Zweifel kamen aber auf, als man uns erzählte, man könne es glaubhaft erklären, dass es einen dreifaltigen Gott gäbe. Das wäre doch wirklich komisch, dachte ich, wirklich ganz eigenartig, einfach so dreifach gefaltet?

Vor Weihnachten übten und sangen wir in der evangelischen Kirche die aufmunternden Lieder aus dem so genannten *„Quempas-Heft"; „Quem pastores laudavere und die Engel noch viel mehre"* heißt eines dieser wunderschönen Lieder und das Heft hatte wohl seinen Titel von diesem alten Lied.

Das Singen vor Weihnachten machte unfassbaren Spaß, fast soviel, wie das Herumbolzen mit dem Ball oder das Klippspiel mit einem selbst geschnitzten Stück Holz, das an beiden Enden zugespitzt wurde und mit einem Stock aus einer kleinen Kuhle weit weg geschleudert werden konnte. In Schrittmetern wurde der Sieger ermittelt und es war ein nicht ganz ungefährliches Spiel, wenn einem das kleine spitze Ding an den Kopf flog.

Drittes Kinderlied

Und schon geht es weiter in Strümpfen und Schuh`n,
in Hosen, geflickt zwar, doch sauber, kein Ruh`n
beim Kegelaufstellen, beim Schauen und dann,
wenn die Bauern treten zum Trinken an.
Ihr glaubt, das genügt für jetzt, doch es ist,
noch lange kein Ende, nur, dass ihr es wisst.

Gestern Vormittag hat mir die Nachbarsfrau
eine Tasse voll Milch angeboten und schlau,
wie ich bin, hab` ich danke gesagt und habe
nach Schinkenbroten gefragt.

Da lacht sie und gibt mir nachher noch mit
ein Musikinstrument vom alten Schnitt.
So eins, das hat noch Löcher im Balg,
ich spiele sofort und es rieselt der Kalk.
doch wirklich aus der Maschine heraus,
das ist nicht schlimm und macht mir nichts aus.
Einen passenden Flicken klebe ich drauf
und das Leben, das Leben beginnt seinen Lauf.

Und wenn man Geburtstage feierte, wurde ich eingeladen und spielte und tanzte mit freundlich schäkernden Mädchen und abends gab es gezuckerten Tee und Brote mit Wurst. Die im mächtigen Kartoffeldämpfer für die Schweine gekochten Kartoffeln dufteten köstlich und wir Kinder durften uns davon bedienen, wenn endlich der Deckel geöffnet wurde und die unglaublich heiße Ware lockte. Das Bauernleben auf dem Land, es war für uns Kinder das Paradies. Es wurde geschlachtet, es wurde gefeiert, Erwachsene trafen sich, Kinder auch. Die Schützen marschierten, die Bauern, sie fuhren am ersten Mai in den Wald und brieten sich Eier und Speck und da lachte der Friede laut und hielt immer wieder seinen festlichen Einzug in unserem schönen Land.

Zwölftes Bild

(Das Kind wird größer, erlebt eine schöne Zeit, trifft den Tod noch einmal und landet schließlich in der Rheinpfalz)

Friedliche Kindheit

Die Würze des Lebens, ein Freund oder zwei,
Das Lesen in Büchern, kein Einerlei, das
Würde nur stören, lenkt ab uns vom Schönen,
Vom Leben und mit dem Glück sich Versöhnen.

Da lebten zwei Jungen, die Eltern lieb,
Das Häuschen klein und groß der Garten,
Dort oftmals zu warten und auszutauschen
Gedanken und Freude, war wundersam.

Im Winter das fröhliche Spiel auf dem Eis,
Im Sommer das Klippspiel mit Stecken und Holz,
Es machte uns froh, es machte uns stolz,
Und Radfahren auch und Schwimmen im Teich.

Der breite Kanal war uns Schwimmbad zum Spaß,
Nach einem Gewitter in ihm zu taumeln,
Gefiel uns bald, und war es mal trüb,
Für uns das Gespräch mit den Freunden blieb.

Lateinische Sprache wurde gepaukt,
Nicht gelernt, nur gesprochen, nur schnell geplappert,
So wurde die Kirche ein Spielraum der Seele, so
Wurde sie das, was Wärme mir gab.

Ein Schaf, angebunden an einem Baum,
Es graste und fraß einen runden Kreis
In das grüne Gras und während es fraß,
Da wuchs uns das Obst an den Bäumen heran.

Nicht ausgespart die schweren Tage.
Tod und Leben im Wechsel der Zeit.
Neben den allerliebsten Zeiten
Wankte heran die Traurigkeit.

Der einzige Sohn einer sehr frommen Familie (die Mutter hatte mich seinerzeit am Nachmittag meiner ersten heiligen Kommunion behutsam angesprochen und mich darauf hingewiesen, dass ich eigentlich heute, an diesem besonderen Tag, ein heiliges Kind sei, reiner als ein Engel, mir wurde dabei richtig schwindelig), der einzige Sohn dieser Frau und ihres frommen Mannes, wurde bei einem Autounfall getötet. **Das sollt ihr wissen, meine Freunde, die ihr getötet habt und nun vielleicht selber tot seid, denn ihr habt den Tod damals stündlich erlebt!** Man bahrte ihn in der benachbarten Gastwirtschaft in einem offenen Sarg auf und wir Kinder durften ihn besuchen, an seiner

Seite verweilen und sicherlich auch beten. Seine absolut nicht gebrochene, aber tieftraurige, Mutter machte uns Mut und tröstete unsere Trauer mit engelhaften Worten, während der alte Vater herzzerreißend weinte. Sie besprengte den Toten mit Weihwasser, uns auch, und wandte sich uns immer wieder freundlich zu, wie um uns zu trösten. Das bewegt mich noch heute.

Auch ein heranwachsendes helles und schönes Mädchen erlitt einen ähnlichen Unfall, wiederum durch ein Auto. Zufällig wohnte die Familie des Mädchens auch in der gleichen Wohnung der besagten kleinen Familie mit dem so unglücklich verlorenen Sohn.

Heute noch sehe ich das fröhliche Mädchen manchmal vor mir, schon mehr eine junge Frau, wie sie inmitten anderer Frauen sitzt, plaudernd, irgendwas in den Händen haltend und mir freundlich zulächelnd.

Und noch einmal, ihr Lieben, gedachte ich Euer, als für die Gefallenen des Krieges, für Euch also, Holzkreuze errichtet wurden. Es war direkt vor der evangelischen Kirche in Mehrum und sie spielten das Lied vom „Guten Kameraden". Mich stellten sie hinter das Kreuz, auf dem der Name meines Helden schwarz und deutlich geschrieben war, und mein linker Kniestrumpf rutschte langsam herunter, während sie spielten. Und dann machten sie noch ein bescheuertes Bild von mir. Seitdem will ich dieses Lied eigentlich nicht mehr hören und höre es doch heimlich auf YouTube. -

Ein kleines Boot zu bauen aus der Rinde von einem Baum und dann eine Feder als Segel hineinzustecken, das war unser schönstes Spielzeug im Sommer. Und wenn ich mein kleines Schiff direkt hinter dem Bauernhaus hinab in den Teich gleiten ließ und es mit dem Wind vorwärtsgetrieben wurde, wie freute ich mich.
Aber da war doch soeben nebenan dieses platschende Geräusch. Muss doch mal nachsehen, ob mein kleiner Bruder Dieter nicht! Und wirklich trudelt er dort unterhalb der Wasseroberfläche herum und wird wohl gleich wieder hochkommen, gleich wird er wieder... und er kommt tatsächlich stark prustend und das Wasser läuft ihm aus Nase und Mund und er reißt den Mund weit auf und die Augen, schon bin ich nahe genug, erfasse ihn bei den Haaren und ziehe ihn an das Ufer, um ihn erst einmal dort liegen zu lassen und Mutter zu holen.

Was für ein Geschrei in der Stube als ich Meldung mache und schon rennt sie hin und er wird auf den Kopf gestellt und das Wasser kommt aus ihm herausgelaufen und dann nichts wie hinein ins Bett und am nächsten Morgen ist er wohlauf.

Die Einführung der DM war ein Ereignis der besonderen Art. Erst gab es kleine grüne und blaue Scheine, die sahen aus wie Marken zum aufkleben und dann kam das richtige Geld. Jetzt gab es Eis und andere Süßigkeiten und ein Karussell drehte sich jedes Jahr auf dem Schützenfest und ich durfte als Helfer die Kinder abkassieren und sehr oft umsonst mitfahren, bis ich nicht mehr konnte und dann ging ich nach Hause und kam wieder und das Karussell lag gebrochen da, schräg zur Erde hin; wieder einmal Glück gehabt.

Eine Verschickung auf die Insel Langeoog, sie dauerte 6 Wochen, war ein weiteres Erlebnis. Schäumende Wellen, ein oftmals starker Wind, sich brechende hohe Gischt, eine Bootsfahrt auf die Nachbarinsel Baltrum (mit Seegang und viel Geschrei) und das Beste: mein Bruder und ich hatten einige Pfunde zugenommen.

Gleich nach dem abenteuerlichen Aufenthalt auf der schönen Insel Langeoog lag unser Gentleman im Krankenhaus in Peine. Er war ebenfalls von einem Auto angefahren worden wie die beiden Unglücklichen zuvor, die zu Tode gekommen waren, ist aber nur vom Rad geschleudert worden, schwer verletzt. Nun war er gefangen in seinem Zimmer bei einem Bauern, der etwas außerhalb des Dorfes hauste und ich ging so jeden zweiten Tag zu ihm, um die Notdurft im Eimer herunter zu tragen. Gutes Geld gab er mir dafür, richtig viel Geld und ich war in dieser Zeit ein reicher Salomo.

In der Schule wurde ich nun richtig gut und dann bekam Mutter plötzlich Lust, noch einmal auf die Reise zu gehen. Im Bahnhof von Hannover stiegen wir, begleitet von unserem Gentleman, in den Zug. Die Fahrt ging jetzt in den Süden, führte uns über den Rhein in die Pfalz nach Ebertsheim, einem kleinen Dorf in der Nähe von Grünstadt. Mutter wollte zu ihrer Mutter, zur Oma Riebschläger und zu ihrer Schwester Röschen.

Was für Häuser und Gärten, was für eine Gegend, in der sogar Wein wächst? Wie herrlich schön und groß dieser Fluss, der Rhein dort und wie hell scheint hier die Sonne! Es ist aber auch wirklich unglaublich heiß in der Pfalz und auf wilden Kirschbäumen wird erst einmal die meiste Zeit verbracht, Kirschkerne spuckend, Ferienzeit!

Warten auf wirkliche Heimat, ein Spiel,
Alles auf einmal und alles zu viel.
Die Wärme, das Neue, der Rhein und der Wein,
Alles scheint wirklich neu zu sein.

Hier, in der Pfalz also, im beschaulichen Ebertsheim, einem Dorf nahe bei Grünstadt, lädt mich die gotische Kirche auf dem Hügel im nahen Bossweiler zum Verweilen ein, bietet Schutz und ich werde Oberministrant. Der Pfarrer bittet meine Mutter zu sich. Flugs bekomme ich Lateinunterricht bei ihm. Wie freute ich mich, wenn ich vom kleinen Ebertsheim in das noch kleinere Bossweiler im Frühling oder im heißen Sommer über die Felder dahinschwebte, um mit meinem Lateinbuch unterm Arm die schmalen Feldwege hinauf zu kommen. Schon von weitem sah ich, ob der Herr Dekan zuhause war oder nicht. War er nicht da, ging es noch schnell hinein in die Kirche, um den Lernstoff noch einmal durchzunehmen. Oder ich verbrachte Minuten auf dem danebenliegenden Plumpsklo. War er schon da, wurde ich erst einmal zum Kaffeetrinken mit Kuchen oder leckeren Marmeladenbroten eingeladen. Dann ging es zur Sache mit dem Latein und es machte uns beiden richtig Spaß.

Es waren die beiden ersten Bücher ja auch nicht allzu schwer durchzupflügen, das Schwere lag noch in der Ferne. Aber es war uns klar, ich sollte die erste Gymnasiumklasse, für die ich schon zu alt war, überspringen. Danach ging es im Herbst nach Landstuhl, ins kleine katholische Konvikt und ein halbes Jahr später in die alte Domstadt Speyer, an den schönen und breit dahin strömenden Rhein, ins eigentliche große bischöfliche Konvikt.

Es folgen viele Jahre in der „Behutsamkeit" eines katholischen Heims. Endlich daheim (*dahoam*) und behütet, könnte man sagen. In einer ehrwürdigen alten, kulturvollen Stadt, dicht am deutschesten Fluss mit einem riesigen romanischen Dom, mit Gleichaltrigen, Jüngeren und Älteren, die singen, musizieren, beten, Sport treiben, Theater spielen. Und es stimmt ja auch, denn das *„Ave Maria"* von *Arcadelt,* das *„Regina coeli"* von *Lotti* oder das *„Jubilate deo"* von *Orlando di Lasso* entrücken den Heranwachsenden bisweilen aus seiner bisherigen Welt in eine andere und er fühlt sich für eine lange Zeit wirklich wie daheim angekommen.

Dreizehntes Bild

(Das heranwachsende Kind lebt ruhig in einem katholischen Heim, spielt Fußball und Theater und verspürt doch wieder Unruhe)

Eltern, die ihr bestrebt seid, für eure Kinder nur das Beste zu wollen und zu wählen, die Wahl einer Eliteschule oder eines Heimes zum Beispiel mit den besten Aussichten auf ein gesundes schulisches Leben und eine späte erfolgreiche Berufswahl scheint wichtig, ist es aber nicht zwingend, überlegt es euch gut! Denn ein noch so anerkanntes Internat kann die gesunde Familie nicht ersetzen und etwas bleibt immer hängen von einer Schulung unter Druck von oben, nämlich die innere, womöglich schädliche Anpassung an eine ominöse Heimdisziplin, eine Art Kasernenleben und ein sich Anlehnen an eine durch Disziplin ersehnte Erfolgsgarantie, die erzeugt werden soll, damit man später genau so funktioniert (und wenn dann kein Erfolg kommt, ist vielleicht verheerender Frust angesagt!). Die Erfahrung, wie es im realen Leben zugeht, macht man besser im normalen Miteinander oder Gegeneinander, denke ich. Außerdem, ein Leben während der Pubertät in einem geschlossenen Verhältnis (Behältnis wäre genauer!), nur von Kameraden und Erziehern umgeben, ist nicht im Sinn von natürlichen Verhältnissen in der menschlichen Entwicklung, wo vor allem in dieser wichtigen Zeit eine innerlich erwünschte Freiheit oder der Drang nach ihr wertvoll wäre.

Noch einmal gesagt, tut es nicht Eltern, wenn ihr eure Kinder liebt, kümmert euch lieber selbst um die Kids und überlasst das nicht anderen! Die klassische Kasernenerziehung gerade im Europa des 19. Jahrhunderts nämlich, sie hat den aggressiven Typus des Mannes geprägt, zum Verdruss einer Entwicklung. Die entsprechenden Romane aus diesem Milieu erzählen zur Genüge, wohin das geführt hat und immer noch führt. Später haben es manche der „Heimkinder" bereut, dass sie sich dieser Erziehungs-Tortur unterzogen hatten und trotzdem werden heutzutage immer noch Eliteschulen mit und ohne angeschlossenen Heimen gerne von erfolgssüchtigen Eltern, Großeltern, Onkeln oder Tanten bevorzugt ausgesucht und empfohlen. Die jährlichen Vorstellungen in den großen Tageszeitungen zu Beginn des Schuljahres geben ein beredtes Zeugnis dafür und manchmal geht auch eine Kamera in diese Eliteschulen hinein und erfolgshungrige Söhne und Töchter zeigen sich erstaunlicherweise genauso, wie man es erahnt, nämlich genau so.

Doch, wenn ihr eure Kids in die Obhut von Erziehern geben wollt (oder müsst!), Eltern, dann schaut euch die Schulen und Heime genau an. Ich habe von einem katholisch geführten Knabenkonvikt, das in den fünfziger Jahren seine Schüler verantwortungsvoll und mit Verve seine Zöglinge geführt hat (wie es dazumal eben in klerikaler Absicht möglich war!), einiges gewonnen. Nie war es im Heim richtig langweilig, eng aber schon und nach heutigen Voraussetzungen sehr eng, zwischen hohe Mauern eingebettet, mit Stacheldraht und

Scherben auf der Mauer. Aber geistige Nahrung, Vorbilder an Erwachsenen, an Lehrern und Heimerziehern, eine Nahrung also für`s Leben für denjenigen, der es zu schätzen wusste, was angeboten werden konnte, es war alles da.

In den USA ist das Heimleben ähnlich strukturiert wie damals in den fünfziger Jahren in Speyer und anderswo bei uns: Tischgebet, Abendgebet und eine Vielfalt an freundlich gegebenen Geboten. Eine intelligente Mutter, ein intelligenter Vater aber können es auch geben, das „Futter für`s Leben". Das muss eigentlich das wahre und wichtige Ziel einer Familie sein, wenn sie Familie sein will, dass sie sich selber gestaltet und hilft. –

Der Pfarrer von Bossweiler in der Pfalz also sah, dass ich mich für das interessierte, was mit Religion oder mit katholischer Liturgie im Allgemeinen zu benennen wäre. Mein Gott, was es nicht alles gibt. Ich kann es nicht genau benennen, warum es so war. Es mag ganz einfach an der für mich neuen landschaftlichen Umwelt mit anheimelnden Hügeln gelegen haben oder an einer irgendwie geheimen (!) historischen oder kulturellen Bedeutung mit heilsamen Hilfsangeboten fürs Innere. Meine Güte, irgendwie lag etwas „in der Luft", das mag sein. Ja, die gotische Kirche hier auf dem schönen Hügel, in Sichtweite des aus der Ferne grüßenden Donnersberg, sie war wie eine schützende Hütte, denn ihr wohltuendes Inneres strahlte Geborgenheit aus, was es ja gibt. Und auch heute noch, wenn ich das Kirchlein im Internet aufsuche, strahlt es schon in seiner herausgeputzten äußerlichen Schönheit etwas aus, einfach zum Hinknien. Aber das war es nicht allein. Etwas kam hinzu, was nicht einfach zu benennen wäre, es sei denn, dass es ganz einfach war und gar nicht kompliziert. Wir konnten nämlich nach den Messdienerstunden untereinander und mit dem noch rüstigen Dekan Tischtennis spielen oder auf dem Fußballplatz gleich nebenan kicken. Und Schwester Notburga, die uns vor der Messe begleitende ältere Ordensschwester aus dem damals naheliegenden winzigen Frauenkloster, sie hatte ein schwarzes Bärtchen über der Oberlippe und gab uns königlichen Weihrauch (*nicht* den einfachen!), wenn immer wir sie dazu aufforderten. Das gefiel. Es qualmte dann tüchtig, es wurde gesungen und es war diese erfreuliche Art des Zusammenseins, dass man der Meinung war, jeder gäbe dem anderen etwas Schönes mit. Oder war es schon eher eine Art Musik, die nachklang, eine himmlische Fährte, auf der engelhafte Wesen schwammen, mitten hinein ins Herz? Und die schönen sauberen Kleider für uns Messdiener: Soutanen in Rot. Röcke und Kragen ebenfalls in rot, grüne, ich meine auch: gelbe, lilafarbene oder manchmal schwarze und darüber immer die weißen Tuniken, frisch gestärkt, immer sauber duftend in der dunklen Sakristei, wo wir uns umzogen Und wenn der Priester sich ebenfalls langsam unter Gemurmel einkleidete und die einzelnen, anscheinend ziemlich wichtigen Kleidungsstücke anzog: das war schon etwas. Dann der goldene Kelch und nachmittags, während der Vesper die glänzende, mit Perlen versehene Monstranz, die der Priester - nun mit einer kostbaren großen Stola um den Schultern - in die behandschuhten Hände nahm und uns und die Gemeinde segnete. Es leuchtete auf wie damals beim Tambourmajor in Stargard in der strahlenden Sonne.

Das Latein während der Messe, die Stufengebete und überhaupt diese Sprache: "Lavabo inter innocentes manus meas et circumdabo altare tuum, domine" zum Beispiel, mein Lieblingssatz damals, der vom Priester gemurmelt wurde, während ich sorgsam Wasser über seine Hände goss, das alles sommers oder winters, egal wann, es passte auf einmal in meine Welt, ganz einfach. So war es jetzt.

Das Lateinbuch der ersten Klasse wurde also mit Schwung durchgenommen und auch ein Teil des zweiten Buches, dann ging es im Herbst 1951 ab nach Landstuhl.

Hier waren die ersten beiden Klassen des damaligen bischöflichen Konvikts der Diözese Speyer untergebracht und zwar im großen Projekt eines Kinderheimes, etwas außerhalb der Stadtmitte gelegen, am Rand des großen Pfälzer-Waldes, in dem auch nahe unseres Heimes einige Bäume mit Esskastanien standen, Esskastanien, „Käschte" genannt, inmitten dieses Waldes, einfach so, herrlich, ein Wunder für uns Kinder.

Unser Zusammenleben in dieser kleinen Gemeinde war das einer Wohlfühlgemeinschaft, übrigens auch im Progymnasium in Landstuhl, weil wir in dieser Zeit gerne lernten und zudem aus dem Stegreif harmlose kleine, theatermäßige Kurzprojekte inszenierten, wie: *„Die Oma, die ist umgefall´n"*, zum Teil schon mit dezenter Maskierung und mit einer Harmlosigkeit sondergleichen aus- und vorgeführt, wie sie Kindern ansteht, aber immerhin, es wurde richtig szenisch gespielt.

Ich fühlte mich in dieser behüteten Umgebung also wohl, was auch an der Person des Präfekten lag, eines Pfarrers im mittleren Alter, aus dem Saarland stammend. Das Saarland aber war damals, im Jahr 1951, noch von den Franzosen besetzt.

Es herrschte sozusagen jeden Tag eine kindgerechte gemütliche Ordnung, behütet wiederum von einer älteren Ordensschwester, diesmal aus Ostpreußen, die regen Anteil an unseren kleinen Spielszenen nahm und uns zudem das schöne Lied beibrachte: *„Lampenputzer ist mein Vater im Berliner Stadttheater"*, mit sämtlichen Strophen, die nicht ganz astrein sind, wie man weiß. Auch zu diesem Lied mit seinen verschiedenen Strophen erdachten wir eigene kindgerechte Szenen.

Neben dem Unterricht in der Schule spielte sich unser Leben meist auf dem kleinen Fußballplatz direkt neben dem Heim ab. Im Winter bauten wir uns aus dem Waldgelände heraus eine kleine, manchmal vereiste, abschüssige Rodelbahn und stoppten mit der Armbanduhr die jeweiligen Zeiten unserer Fahrten, wobei wir natürlich unsere Schuhe demolierten.

Einmal, im Herbst 1951, besuchte uns in Landstuhl der damalige Bischof von Speyer, Josef Wendel. Er war gerade zum Erzbischof von München ernannt worden und gab uns Kindern einzeln die Hand, wobei er uns tief in das Gesicht oder sogar in die Augen sah.

Er war frisch und entsprach mehr einem Soldaten, fast meinem Helden ein wenig, aber das habe ich ihm natürlich nicht verraten.

Landstuhl ist ein sauberes Städtchen mit vielen Sandsteinbauten und einer Menge Amerikaner in ihr. Überall waren sie zugegen und in ihren großen Militärbussen besuchten sie uns vor Weihnachten im großen Kinderheim, wo auch das Konvikt untergebracht war. Riesige Tüten voll mit Süßigkeiten und laute Musik, das war ihr Erscheinungsbild damals, wenn sie kamen.

Eine Militärkapelle mit diesen großen Sousaphonen spielte auf, aber anders als ihr damals in Stargard, swingender und menschlicher, einfach anders, kindergerecht sozusagen.

Zum Nikolaus wurde ich einmal gekürt, wurde von einem Fahrer mit dem Auto abgeholt, in einen wirklich monströsen roten Mantel gesteckt, mit einem Bart gewürdigt, mit einer Mitra und mit einem Bischofsstab. Ab ging es zu einzelnen Familien in der Stadt und ich erinnere mich, dass es mir eine große Freude bereitete und ich die Kinder, deren Namen und Vorlieben ich auf einem Zettel überreicht bekam, überhaupt nicht erschreckte. Gesteckt in ein großartiges Kleid voller Verheißungen, so machte ich erste Schritte in einem parallelen Heimleben auf der Bühne des anderen parallelen Lebens der Schauspielkunst.

Das sollte sich später noch bewähren, sowohl auf der Bühne im Konvikt, als auch im ganz alltäglichen Leben.

Die auf einem nahen Berg thronende Burgruine des Franz von Sickingen interessierte uns sehr und auf dem danebeniegenden Sportplatz drehte ich im kommenden Frühjahr meine ersten Laufrunden zur Freude unseres Sportlehrers. Franz von Sickingen, der edle pfälzische Ritter, der es gegen die übermächtigen Fürsten aufnahm und sich auf die Seite der Bauern stellte, auch wenn er den Kampf später verlor, das gefiel uns. Die Ruine war oft unser Spielort. Zu Ostern 1952 schließlich ging es ab nach Speyer in das eigentliche Konvikt.

Eine mittlere Stadt empfängt mich hier, eine leicht gebogene Straße, die vom mittelalterlichen Stadttor, dem *Altpörtel* bis hin zum Dom führt und dann rechts abbiegt, vorbei am grünen, mit großen Bäumen geschmückten Park neben dem gewaltigen Dom. Etwas weiter rechts geht es dann bis zum *Pfalzmuseum* und dem gleich danebenstehenden *Staatlichen Gymnasium,* dem heutigen *Domgymnasium.* Dieses Gebäude fordert uns, allein schon von außen hergesehen, einen ungeheuren Respekt ab.

Aber was für ein Bauwerk ist dieser romanische Dom, an dem wir nun täglich vorbei marschieren hin zum Gymnasium? Denn der Dom beschützt uns, spendet Trost allein durch seine Anwesenheit, das ist zu spüren.

Besonders unsere ständigen Wanderungen, egal ob rechts oder links um den Dom herum, sind voller heimlicher Zeichen, wie direkt an uns ausgesendet. Die hinteren, östlichen Türme, was sage ich, der ganze Bau ab dem Mittelteil nach Osten, er spricht, nein er raunt (oder sind es nur die Platanen daneben?), erzählt uns von Kaisern und von alten Zeiten, von den Schändungen der Franzosen bis hin zur Verwendung als Pferdestall und der gewaltige Bau verbreitet doch wirklich nur Trost und Erhabenheit.

Das Innere aber war eine romanische dreischiffige Halle von erstaunlicher Größe, allerdings damals in grau verputzter Unwirklichkeit, einer außerdem gemalten Verstörung, derweil an der Decke hoch oben ein bläulicher und fleckiger Himmel, mit schwächlichen goldenen Sternchen besät auf uns herabsah und seitlich oben im Hauptschiff Bilder von einer Art schwebten, die mich befremdeten. Sie spiegelten diese eigenartige und vor Zeiten beliebte, flache Religiosität wider, den romantischen Wust einer vergangenen Zeit. Man sagte, ein *„Nazarener"*, nämlich *Johann von Schraudolph* hätte zu Zeiten der bayerischen Könige den gewaltigen Innen-Bau so ausgemalt. Genau so sah er aus. *Richard Wagner* hätte sicherlich seine Freude daran gehabt (und wahrscheinlich auch unser Gentleman, der zu Kaiserzeiten herangewachsene, spätere mutige SA- Mann, da bin ich mir fast sicher).

Gott sei Dank wurde der Innenraum des Domes dann endlich einmal sandgestrahlt, gesäubert und heute strahlt er wieder mächtig auf, genau wie die schöne äußere Ansicht, die das Auge schon immer entzückt hat und die Betrachter - auch mich heute noch - immer wieder in eine ganz andere Zeit entführt.

Hinter dem gewaltigen Dom ergießt sich der Rhein abwärts nach Worms und nach Mainz und wir gingen an den Sonntagen dort, in Gemeinschaft natürlich, auf dem Damm weit herum und dann (leider) immer wieder zurück. Besonders in jedem Sommer erhaschten wir Blicke aus dem wirklichen Leben und ich dachte mir, dass das Leben schön sein kann, aber nicht nur, wenn es in den Ferien mit dem Zug nach Hause ging, sondern viel länger, eigentlich immer.

Unser erster Konviktsdirektor war *Karl Bossung*. Er wurde zwar schon bald als Regens in das nebenan liegende Priesterseminar berufen, kam aber ab und an gerne zu uns herüber, wo wir auf dem begehbaren Dach unseres Hauses mit ihm gut reden konnten. Direktor *Bossung* hätte mich beinahe wieder nach Hause geschickt, weil ich seinem Befehl nicht gerne folgte, immer mit den anderen hübsch zusammen in unserer Freizeit herumzuwandern. Ich blieb in der Stadt gerne mal abseits von meinen Kameraden stehen und schaute mir dies und das an, auch Kinoplakate. Oft kam ich deswegen etwas später ins Heim zurück, was natürlich kontrolliert wurde. Unser Präfekt war zunächst *Alois Dewaldt*. Er war für das tägliche Allerlei zuständig, teilte die Post aus und wir durften ihn fragen, ob wir dies oder das machen konnten, ein richtiger Freund der Kleinen unter uns sozusagen, den wir trotzdem vorsichtig behandelten, denn er konnte auch anders. Und auf einmal war er unser neuer Direktor. Da zeigte er, dass er auch andere Qualitäten hatte, wie zum Beispiel etwas strenger sein und sich nun öfter zurückziehen, nicht mehr den Freundlichen nur zu spielen, aber wir kannten ihn gut, er blieb der *„Knorze"*

Einmal, mitten im sehr heißen Sommer in etwas späteren Jahren, ertrank einer von uns im gefährlichen Strudel des gewaltigen Rheins und *Alois Dewaldt*, jetzt unser Direktor, hielt eine alberne Rede von wegen nicht geübtem Gehorsam und eigenem Vergehen. Und so sei es kein Wunder, dass es passiert sei und wir fuhren in einem klapprigen Bus in die schöne Region an der Weinstraße und sangen auf der Beerdigung unseres jungen Kameraden, wo es wieder sehr heiß war.

Zwei Fremdsprachen kamen gleich zu Anfang in Speyer zu unserem schon erheblichen Stoff dazu: Griechisch und Französisch, später sogar noch Hebräisch als Zusatz. Doch es gab ja Gott sei Dank noch mehr. Theater wurde gespielt und zwar jeweils in der Karnevalszeit. Die Großen spielten *Shakespeare („Macbeth")* und die anderen Klassen kürzere Stücke, auch interessante, oft von *Nestroy*.

Meine Güte, war das jeweils eine Gaudi zur Fastnachtzeit. *„Fasenacht, die Pann kracht, die Kichelscher werde gebacke",* ich glaube, so bescheuert haben wir damals gesungen zur Fastnachtzeit in der schönen Pfalz und es gab ja im Konvikt nicht nur ein strenges Regiment, nein, es wurde natürlich auch gelacht oder geblödelt. Zum Beispiel abends in den Betten bei einer Kissenschlacht. Da wurde manchmal so laut und schallend gelacht, wenn der eine oder andere seine Kunst zeigte, dass die Präfekten es nicht lassen konnten, nachzuschauen, und diese waren dann ebenso amüsiert wie wir, das muss man sagen. Einer von uns, der konnte die russische Kugelstoßerin *Tamara Press,* die 1952 bei der Olympiade die Goldmedaille gewonnen hatte, imitieren (und das im Nachthemd!), wobei aber natürlich keine Kugel richtig flog und der eine oder andere sich schon mal die Augen zuhielt. Es waren anfangs etwa 20 Betten im Schlafsaal. Je älter man wurde, waren dann auch die Anzahl der Betten bewusst geringer gehalten, etwa 10 Betten pro Zimmer und nicht immer war, wie gesagt, Ruhe angesagt, auch wenn sie natürlich mit dem *Silentium* offiziell angeordnet war. Und Mäuse hatten wir einmal, dass sogar meine Jacke im Spind neben dem Schlafsaal angefressen wurde und aus meinem Socken vor dem Bett frühmorgens ein kleines quirliges Etwas heraussprang und bei *Hans Gruber,* meinem Nachbarn, blitzschnell unters Bett verschwand. Mein irrer Schrei weckte damals den halben Saal auf.

Sehr angetan war ich schon von Anfang an vom herrlichen Chorgesang. Ich meine sogar, die Qualität war unterm *„Knorze"* gleich zu Beginn meines Aufenthaltes im Konvikt am besten. Wunderbare Sätze, teilweise 8-stimmig gesungen, aus der Renaissance zum Beispiel, wurden einfach wie federleicht emporgehoben, obwohl, es war zuvor immer eine harte Arbeit nötig. Sicherlich, es war die innerlich zu vernehmende und zu deutende Musik des Chorgesanges - zwar anfänglich etwas ungewohnt für mich - gleichzeitig auch wie etwas hervorrufend, was mehr war als Worte, selbst wenn diese aus der Bibel stammten. Es gab mir schönen Halt, wirkte beruhigend, manchmal auch aufputschend, fast wie die kleine Dosis einer himmlischen Droge. So sang ich denn auch im Lauf der Zeit immer lieber mit und war überrascht vom Hall, der im gewaltigen romanischen Mariendom zurückflutete, wenn wir im Mai dort oben auf der Empore das „Regina Coeli" von Lotti schmetterten. Sonst sangen wir hauptsächlich in unserer eigenen Konviktskirche St. Ludwig.

Alleluja, alleluja, schöner Gesang,
Alleluja, der von der Höhe sprang.
In der Halle, der großen, gewaltigen
Schwamm er an Säulen vorbei,
Verbot an den Mauern Maria zu trauern
Und strich um ihr Kinn im Mai.

Noch heute aber wundere ich mich darüber - es war doch die Zeit eines neuen Aufbruchs nach dem fürchterlichen Krieg – dass damals die Hinwendung in eine Zeit religiöser Erneuerung (und auch sonst im Politischen) irgendwie nicht stattfand. Wenn man bedenkt, eben erst ist dieser unglaubliche Krieg beendet worden und man spricht eigentlich nicht viel darüber, ich meine kritisch, richtig kritisch eben!

Im Gegenteil, es blieb alles beim Alten und man kümmerte sich gar nicht darum, dass auch das Kirchenvolk, so denke ich heute, darüber hätte aufgeklärt werden dürfen, was eigentlich vor und in diesem schrecklichen Krieg passiert war und dass sich jetzt einiges unbedingt ändern müsse, und zwar erheblich. Das Volk jedoch sang in den Kirchen - übrigens recht lautstark - mit, man ging an die tägliche Arbeit und *Alois Dewaldt* zeigte uns im Heim derweil stundenlang, wenn er dazu aufgelegt war (und er war es oft), einen Haufen selbst gemachter Fotografien aus seiner Wehrmachtszeit, womit wir eigentlich nichts anzufangen wussten. Aber so war es halt und die Zeit blieb für unseren damaligen Präfekten und späteren Direktor dort einfach stehen, wo er seine ersten Erfahrungen als angehender oder schon praktizierender Feldkaplan gemacht hatte (*Jean Paul* und sein „*Feldprediger Attila Schmelze*" lassen grüßen!).

Und wieder sah ich euch in den vielen kleinen Bildern, ihr Lieben, wie ihr, aus den Waggons gesprungen, im Gras lagertet. Und lachend sah ich euch und wusste gleich, dass ich nur eure Bilder sah und viele von euch schon tot waren. Ihr aber ahntet es nicht auf diesen Bildern und konntet mich nicht erkennen.

Friedel Wetter kam irgendwann wieder zurück aus Rom und spielte zu unserem Entzücken energisch Faustball in rauschender Sutane und mit hochgekrempelten Ärmeln auf dem sandigen Boden unseres staubigen gemeinsamen Innenhofes zusammen mit den anderen Großen, wie wir die Seminaristen nannten. Er wurde dann als einer dieser unverwüstlichen und kräftigen Söhne unserer schönen Pfalz später Bischof von Speyer und Erzbischof von München und sogar noch Kardinal. Jetzt aber war *Dr. Isidor Markus-Emanuel* Bischof von Speyer, ein guter Bekannter von *Alois Dewaldt*, der uns als sanft singenden Chor mitunter zu ihm führte, um dort ein Geburtstagsständchen darzubringen und natürlich eine Weinspende für den nächsten Sonntag abzuholen. Ich meine, sogar *Helmut Kohl* hätte uns seinerzeit manchmal mit einer ähnlichen Wohltat bedacht. Eine Flasche für vier oder sechs Knaben auf dem Tisch, das brachte Glück in die Bude. So lebten wir damals nach dem Krieg also in einer gemäßigten freudigen Erwartung der Dinge, die ruhig kommen durften.

Die gelegentlichen Stunden voll des manchmal aufkommenden Glücks, ein gebenedeites Leben weiterhin unter braven Buben führen zu dürfen, Gruppenstunden bei Gesängen zur notdürftig gestimmten Gitarre zu genießen, oder Fußball zu spielen auf schattigem Platz gleich hinter dem hohen Dom, all das konnte mich auf Dauer aber nicht halten. Auch nicht die gelegentlichen Akademien, also anspruchsvolle Veranstaltungen mit Gesang, mit Musik und ausgewählten Vorträgen oder die beliebten Einkehrtage unter der Obhut schöner Themen (*Aloisius von Gonzaga, Ignatius von Loyola*). Ach, man darf trotzdem heute darüber schon einmal wehmütig und eingedenk der damaligen „heilen Welt" einige Tränen der verliebten Erinnerung vergießen, wer könnte das nicht nachempfinden? Und trotzdem, da war etwas, das roch nach innewohnender Unzufriedenheit, nach Spannung, nach dem, was den Kleriker eigentlich ausmacht. Und es war im Heim mitunter ein unechtes Etwas zu spüren - obwohl es mehr der Wahrheit hätte entsprechen sollen, einer beruhigenden Sicherheit im hiesigen Leben also - und man hörte es, wenn *Alois Dewaldt* mit knarrenden Schuhen im Studiersaal herumlief und Brevier las, es war das wohl nur zu einer vorläufigen Ruhe führende „Leben außerhalb des Lebens".

1954 wurde Deutschland bekanntlich Fußballweltmeister. Ich sage das heute einfach so, obwohl es eine ziemlich aufregende Angelegenheit war, eine Sache sogar, die - genau wie heutzutage - besprochen wurde mit allem Hin und Her und Dies und Das. Schon die einzelnen Vorspiele, Zwischenspiele und das immer näherkommende Großereignis, es ging wirklich nicht anders, es war Hauptthema auch im Sportunterricht in der Schule. Am Endspieltag, ich glaube, es war an einem Sonntag-Nachmittag, ging es erst einmal in die Kirche zur Nachmittagsvesper. Die erste Halbzeit, beziehungsweise das Halbzeitergebnis, wurde von einem Kollegen, der sich von der Empore aus ans Radio geschlichen hatte, am Ende der Vesper ausgerufen, also 2:2 unentschieden. Die zweite Halbzeit verbrachte ich im Hof, turnte wohl etwas am Reck oder am Barren herum und hörte die Schreie aus den Zimmerfenstern bis herunter zu mir. Auf einmal klapperten die Pultdeckel so fürchterlich, dass ich erschrak und mir war klar, dass wir gewonnen hatten. In den Zeitungen am nächsten Tag war das ganze Spiel nachzulesen. Die Namen der Spieler lernten wir auswendig. Ich konnte sie lange aufsagen. Horst Eckel war mein Lieblingsspieler, ein schmaler Kerl, genau wie ich, nur etwas älter. Was war geschehen?
Genau wie jetzt am 13. Juli 2014, war dieses Großereignis *das* Ablenkungsmanöver für Vieles, fast für Alles und als Erkenntnis einer deutschen Tüchtigkeit sowieso. Und als Entschuldigung und Sühneleistung ganz besonders (nach dem Motto: endlich war der Herrgott mal wieder *mit* uns!), dass man am liebsten

"Deutschland, Deutschland über alles" gesungen hätte. In Wirklichkeit hat man es nach dem Spiel in Bern nämlich getan.

Karl Mentz, Subregens des Priesterseminars und kräftig beleibt, blieb bei uns nebenan im Haus wohnen und lud uns gelegentlich zu Gesprächen ein, spendierte Tee mit Gebäck und war froh, dass wir seine Bibliothek entstaubten und ordneten oder seine unzähligen Dia-Bilder neu klebten. Karl Mentz war ein Lieber, er sang während der Messe und zu Beginn des Religionsunterrichts unfassbar schön falsch („Ihr Bube, helft mir singe!") und wir Racker unterstützten ihn auch noch (natürlich schräg) dabei, aber manchmal tat er uns leid. Er war dabei niemals nachtragend, wenn wir ihn so foppten und im Politischen war er ein Genie. Einmal sollte er sogar Kultusminister werden, wurde uns erzählt. Er hatte an einer Hand nur noch drei Finger als Folge einer Kriegsverletzung und weil er zudem Verantwortlicher innerhalb der damaligen Filmselbstkontrolle war, sagte man hinter entsprechend mit drei Fingern vorgehaltener Hand, er hätte bei der Zensur des Films „Die Sünderin" mit Hildegard Knef, seine Hand derart vors Gesicht gehalten, dass er zwischen den drei Fingern durchaus alles gut sehen konnte. „Dreifinger-Jack" war daher einer seiner beliebten Kosenamen, wobei wir oft das „r" wegließen, weil es somit auch noch kindhaft süß klang.

Wenn ihn die Versuchung verführte, kam er hinunter in unseren Hof, wo ein Barren und ein Reck aufgebaut waren. Und wirklich begab er sich eines Tages an den Barren zwischen beide Holmen. Herauf kam er noch, aber beim Schwungholen blieb er stecken. „Ihr Bube, helft mir drücke!", das war dann lange ein sehr beliebter Spruch vom „Mentze-Papp" bei uns.

Karl Mentz gab uns auch Unterricht in Zusatzhebräisch. Ich erinnere mich an seine deutliche Aussprache und an meine Schwierigkeit, langsam die hebräischen Worte von rechts nach links zu lesen. Ein schönes Alphabet: „Aleph, Beth, Gimel, Daleth, He, Waw" und das Vaterunser in Hebräisch: „Avinu shebaShamayim", wir lernten es gerne und es klang wie aus einer Welt voller Verheißungen.

Geh in die Wüste, dort wirst du finden
Helden und Heldinnen, Junge und Alte.
Du suchst den Frieden, sie singen ihn an,
Teilen das Land und ernten die Frucht.

Volker Eid war unser Star, nicht nur im Schulischen. Musik war seine Leidenschaft, Klavier und Orgel waren den Händen und dem Geist völlig ergeben und von ihm bekam ich erste Eindrücke von der Schönheit Beethovenscher Musik, wenn ich in seiner Nähe die Noten umblättern durfte. Später wurde er Professor der Moraltheologie in Bamberg und hat über die Moral ein aufschlussreiches, schönes Buch geschrieben („Christlich gelebte Moral", worin ich jetzt im fortgeschrittenen Alter wirklich ab und zu gerne - lesend und schmunzelnd an unsere gemeinsame Zeit der religiösen und musischen Träume denkend - mich vertiefe). Dieter Cronauer, sein Partner auf der Geige, entwickelte sich im Laufe der Zeit als vertrauenswürdiger

Freund. Er begleitete mich später auf meinem letzten Weg zum Bahnhof in Speyer und wir verabschiedeten uns herzlich voneinander. *Klaus Gosse,* ein externer Schulkamerad auf dem Gymnasium wurde zu einem sehr vertrauten Freund; seine Schwester Helga war meine heimliche Flamme. Mit ihm unternahm ich einmal eine größere Fahrradtour durch den Odenwald und den Spessart. Eine köstliche Übernachtung in einem Heidelberger Kloster und ein fürchterliches Gewitter mitten im Spessart, daran erinnere ich mich noch gerne. Ein Teil seiner Verwandtschaft befand sich in Israel und seine Cousine hatten ihm Bilder geschickt, auf denen sie in Uniform mit Freundinnen am Strand von Haifa posierten, eine wirkliche, aber irgendwie grazile exotische Überraschung. *Ralph Becker* war ein besonders lieber Kamerad, den ich bei seiner Familie im Sommer auf einem kleinen Bauernhof in der Nähe von Landstuhl öfter besuchte.

Heiße Ernte im heißen Sommer in der Pfalz bei Landstuhl und früh um 6 Uhr hinein in die heilige Messe einer halbleeren Dorfkirche, das war schon etwas. Hier bekam ich erste Ahnung von der möglichen Verlassenheit eines naiv Glaubenden wie mich und echte Zweifel an der Möglichkeit, als Priester in dieser Welt zu wirken und daran eventuell zu zerbrechen.

Aber da waren ja noch die attraktive Schwester meines Freundes und unglaublich angenehme Eltern, mit denen man über Gott und die Welt stundenlang plaudern konnte. In dieser stillen dörflichen Gemeinschaft war es einfach nur - wie man es oft nur auf dem Land fühlt und es ausdrücken kann - fabelhaft. Das zeigte sich besonders einmal, als ich vom nachmittäglichen Heumachen mit der Schwester meines Freundes ganz alleine einen Umweg zurücknahm und durch den Wald gehend etwas später als gewöhnlich heimkehrte. Das mich damals beäugende Reh in einer nicht zu großen Entfernung war der Beweis dafür, dass die Gegend hier zwar ruhig und nebenbei sogar noch in Ordnung schien, doch nicht unbedingt in Rammstein, unweit entfernt von hier. Aber Rammstein war wohl einer der Orte in unserer behämmerten Welt, wo sich die oftmals bewussten oder unbewussten Spaltungen menschlicher Handlungsweisen zu einem guten Gelingen oder in eine gefährliche Ungewissheit den Weg hätte bahnen können. Mit Macht und mit militärischem Kalkül, mit gezieltem Rüstungswettlauf aber auch wurde, Gott sei Dank, dieser Kampf, dieser gefährliche Wettlauf um eine Vorherrschaft in der Welt schließlich bisher ohne den ganz großen Schlag gestaltet und der Schwächere (Klügere?) in dieser gewaltigen Aufrüstungsschlacht, die UDSSR, gab schließlich nach. Viel zu wenig wird dieses Großereignis heutzutage gewürdigt, denn meist spricht man im Geschichtsunterricht und auch sonst lieber von Kriegen und von Schlachten. Aber dieses immens wichtige politische Ereignis verhinderte den möglichen „Erstschlag" (wie auch den „Zweitschlag"!) und wir sollten uns weiterhin dringend für eine Abrüstung der gefährlichen „satanischen" Waffen einsetzen, die unsere Welt tausendmal vernichten könnten.

Die Russen unter Gorbatschow hatten nämlich die Zeichen der Zeit erkannt und eine Annäherung der beiden so verschiedenen Systeme erwogen. Seitdem ist die Freiheit wieder etwas freier in unserer Welt und der Westen weiß es (hoffentlich!) zu schätzen. Der westliche Rumpf Deutschlands konnte sich so mit dem mitteldeutschen Rumpf endlich wieder verbinden. Deutschland ist auch ohne die endgültig verlorenen Ostländer nun wieder die Lokomotive in Europa. Der Euro und eine gehörige Wertschätzung der Börse übernahmen fortan die politische Führung und unser aller verehrter Kanzler dieser Zeit, Helmut Kohl, wurde zur Geschichtsperson im wahrsten Sinn des Wortes und der Bedeutung, die ihm zu Recht zukommt.

So konnten wir später endlich unsere verlorene Einheit wiedererringen, ihr Lieben, die Einheit, die Ihr damals verbockt hattet mit Eurem kläglichen und unnötigen Krieg. Damals, als ich Euch warnen wollte. Insofern ist vielleicht das dem lauten Druck von Rammstein entlaufene Reh ein Botschafter gewesen, ein engelgleicher Überbringer von einem später einmal stattfindenden möglichen Frieden in unserer Welt.

„Hast ein Reh du lieb vor andern,
  Laß es nicht alleine grasen,
  Jäger ziehn im Wald und blasen,
  Stimmen hin und wider wandern." (Joseph von Eichendorff)

Einmal aber wurden wir in Speyer nachts plötzlich durch Lautsprechergeschrei geweckt, der Rhein war über die Ufer getreten. Und immer wieder rief man um Hilfe, nach Personen, die mithelfen sollten, da das alte Fischer-Viertel schon überschwemmt sei. Monate dauerte es, bis der Fluss wieder normal verlief.

Vom flachen und begehbaren Dach unseres Konvikts, dem „Kaschte", konnten wir auf die wunderschöne alte Stadt Speyer mit dem mächtig aufglänzenden Dom in nicht weiter Ferne herabblicken. Dort oben oder auch unten, im kleineren mit Bäumen besetzten Teil unseres Hofes, beteten wir - neben dem rostigen Reck und dem Barren - im Oktober den Rosenkranz, aber auf dem begehbaren Dach war es natürlich schöner.

Einer unserer Klassenlehrer, Herr *Quintus,* diskutierte manchmal mit uns, unterbrach seinen Lateinunterricht und wollte wissen, was wir darüber dächten, wenn es möglich gewesen wäre Hitler umzubringen, ob das dann Mord sei. Ich meine, es wäre während der Lektüre zu Ciceros *„De re publica"* gewesen, wo es auch um den Tyrannenmord geht. Schwierige Frage. Oder ob ein Soldat, der seine Pflicht getan hätte und dabei gefallen sei, ob der gerecht gehandelt und jetzt im Paradies sei oder nicht. Schwierige Frage ebenso. Und ob man getauft sein müsse, um in den Himmel zu kommen. Da entspann sich aber eine wirklich rege Diskussion und der Hinweis von einem von uns, dass eine Mutter in Indien, die ihr Kind soeben verliert (und es ist *nicht* getauft), damit rechnen kann, dass ihr Kind gemäß ihrem Glauben genauso "im

Himmel" lebt wie ein getauftes Kind, traf mich wie ein Blitz. Ich weiß noch, dass mich damals dieser Gedanke geradezu aufweckte und einen ersten Zweifel an der Kleinkindtaufe und dem damit verbundene Absoluten daran (wie für die Ewigkeit geltend!) nährte.

Bei diesem Lehrer hatten wir einmal den Auftrag, einen Vortrag über unsere Kindheit zu halten. Ich erzählte ein wenig von unserer Flucht und war zum Ende hin ziemlich berührt, als ich vom Tode meines jüngsten Bruders berichtete. Da ergriff er das Wort und meinte, es sei wohl nicht gar so schlimm gewesen, wie ich es empfinden würde. Ich schluckte es hinunter und die Klasse gab ihm durch eine eigenartige Spannung - die nun entstand - leider recht, wie ich es direkt schmerzhaft in meinem ganzen Körper fühlte.

Oberstudienrat *Karl Zeitlinger* führte uns im Deutschunterricht der Oberstufe behutsam hinein in eine uralte Literatur, in das *„Gilgamesch-Epos" (Anhang 6).* Das älteste literarische Werk der Menschheit war damals wohl gerade forschungsmäßig soweit gediehen, dass man wieder mal neue Tafeln gefunden hatte und *Zeitlinger* war interessiert an östlicher Kultur. Er ließ auch eine Fachzeitschrift durch unsere Reihen gehen, die neueste Forschung aus der Ägyptologie enthielt. Das machte er geschickt und unauffällig und gerade das war es, was einige Kameraden und mich hinführte zu einer speziellen Literatur (z.B. der altägyptischen) und zur allgemeinen Lyrik insbesondere - neben der aktuellen Lektüre von Borcherts: *„Draußen vor der Tür",* die damals in aller Munde und Kopf war.

Versteckte Botschaften in der modernen und in uralter Lyrik, wer könnte dem widerstehen? *Gilgamesch, der König von Uruk* bekommt in diesem Epos endlich nach inständigem Anflehen seiner Mutter(göttin) einen Freund, nämlich *Enkidu*, mit dem er Abenteuer besteht und nicht immer wieder Kriege führen muss, wie zwanghaft führen muss aus Langweile. Immerzu riefen vorher Trommeln die jungen Männer herbei, weg von den Freundinnen, von den Bräuten und von den Frauen, weil *Gilgamesch* krank ist und den Krieg ständig herbeisehnt. Ich höre es heute noch wie unser Lehrer Zeitlinger den Zweikampf der beiden Freunde zitiert, aber nicht etwa von einem zu erwartenden harten Kampf berichtet (wie er in den von uns gerne gelesenen Heften aus dem wilden Westen gerne geschildert wurde), sondern von einer während des Ringkampfs der Beiden blitzschnell entstehenden tiefen Verbundenheit, einem gegenseitigen Erkennen als Brüder, als Freunde. Die perfekte Überraschung!

Und dann geht der junge König mit seinem Freund *Enkidu* in die Welt, besteht Abenteuer, verliert dabei wieder seinen Freund, wird darüber untröstlich und sucht nach der Wurzel des Lebens. Als gereifter Mensch kehrt er schließlich nach *Uruk* zurück. Die Pflanze des Lebens hat er zwar nicht in der Hand (die hat er - schon fast greifbar - verloren), doch ist er jetzt ein rühriger und vernünftiger König, der seine Stadt und das Land tüchtig regiert. Das Epos hat uns damals sehr berührt und wir waren unserem tüchtigen Lehrer spürbar dankbar für diese Lektion aus für uns uralter Zeit (indem wir ihn niemals oder nur kurz bei seiner altertümlichen, aber engagierten Rezitation mit federndem

Haarbüschel am Hinterkopf foppten). Die Lektion für uns kam also von weit her, aus der Region des Zweistromlandes, vom Euphrat und vom Tigris, wo heutzutage wieder Chaos herrscht und die Kriegstrommel weiterhin ertönt. Mir ist das Epos aus einer historischen Zeit, weit vor unserer Zeitrechnung, immer wieder eine Fundgrube für Vergleiche religiöser Auffassungen oder Ansichten gewesen. Das lange Gedicht wurde in Tontafeln geritzt, die man zu Ziegeln brannte und es wurde außerdem über Jahrhunderte oder gar Jahrtausende weitergeführt und immer wieder ergänzt. Wer es nicht kennt, dem fehlt etwas vom Wissen über unsere Welt mit ihren Menschen und Träumen. Ich erinnere mich, wie bei mir damals die ersten Zweifel an der oft gehörten Behauptung aufkamen, die Bibel sei eine göttliche Offenbarung, denn hier waren Parallelen sichtbar, nicht nur im Hinblick auf die Nennung einer Sintflut. Da war einiges mehr stimmig und ließ sich durchaus vergleichen. Und gegenüber dem altgermanischen Hildebrandslied, das wir ebenfalls im Deutschunterricht durchgenommen hatten, erzählte dieses Poem von einem friedfertigen Verhältnis zwischen zwei Männern. Im altgermanischen Hildebrandslied wird zwar der Begriff „Vater und Sohn" zusammengeschrieben, als Einheit sozusagen: „sunufatarungo iro saro ritun", übersetzt: „Vater und Sohn richteten ihre Sachen". Beide Figuren jedoch gehen kämpfend auf einander zu, weil Schimpfworte - vor allem schmähende Vorwürfe einer verachteten Milde, wo Kampf angebracht wäre - den unaufhaltbaren Streit der Ehre wegen nach sich ziehen (das Problem mit dem germanischen Ehrbegriff ist vielleicht eine Erklärung für die Kriegsbereitschaft als unser genetisches Erbe?). Ein großer Unterschied in zwei verschiedenen alten Kulturen also. Hier ein kurzer Auszug aus dem Gilgamesch-Epos:

Sie stießen zusammen auf dem Markte des Landes.
Enkidu sperrte das Tor mit dem Fuß,
Dass Gilgamesch eintrat, gab er nicht zu.
Da packten sie sich, gingen in die Knie wie Stiere,
Zerschmetterten den Türpfosten, es erbebte die Wand!
Gilgamesch und Enkidu – (......)

Als Gilgamesch ins Knie sank, am Boden den Fuß –
Da verrauchte sein Zorn, er wandte seine Brust. (......)
Sie küssten einander und schlossen Freundschaft.

(Anlage 6)

Ein ganz anderes Ereignis fällt mir eben wieder ein. *Alfons Klose*, ein Priester, der uns Stenografie-Unterricht gab, aber irgendwie nicht ganz glücklich mit seiner Berufung war, mehr ein Außenseiter, verwickelte uns einmal in ein Gespräch und es kam regelrecht zu einem Streit zwischen ihm und den Größeren von uns, als er uns warnte, das Gebot der Ehelosigkeit leicht zu nehmen. Schreiend verließ er den Saal, den er gänzlich in Aufregung versetzt hatte und selbst *Alois Dewaldt*, unser Direktor, der „*Knorze*", konnte uns nur mit Mühe beruhigen, aber einige von uns (und auch ich!) waren doch eher belustigt über die ganze Angelegenheit.

Im Sommer 1955 fuhren wir mit dem Fahrrad durch Süddeutschland. *Herrmann Josef Wey,* einer unserer Großen im Heim, war der verantwortliche Leiter. Es wurden Städte wie Stuttgart, Ulm, Augsburg, Lindau am Bodensee, Konstanz, die Insel Mainau, Freiburg im Breisgau, aber auch alte Klöster besucht und bestaunt. Ich meine, wir hätten auch St. Blasien im Schwarzwald besucht, das Kloster und das bekannte Internat, unser großes Vorbild in Speyer. Es wurde und wird noch von Jesuiten geleitet und deren Studier-Anleitungen für ein gutes Gelingen des Schulalltags lagen bei uns als vorbildlich aus. Allein der Name des Klosters verheißt ja schon einiges, wenn man die offenkundig gemachte dunkle Seite des Internats aus den 50-er und 60-er Jahren heute bedenkt. In Speyer hatten wir damals sicherlich Glück, denn unser Pater-Spiritual, ebenfalls ein Jesuit, war jedenfalls soweit in Ordnung.

Mit dabei auf dieser großen Fahrt waren neben *Hermann Wey* als Leiter *Max Heintz (Mäxchen), Anton Emmering* und ich. Kloster Maulbronn, fällt mir ein, und Kloster Lorch (in dessen Mauern Hermann seinen Fotoapparat liegen ließ und wir ihn aber- Gott sei Dank - wiederfanden) und Kloster Beuron natürlich. Beuron, die Stätte, wo damals der SCHOTT, das Messbuch der Katholischen Kirche konzipiert wurde und die Mönche hatten dazu ihren eigenen Malstil entwickelt, den Beuroner Stil, ähnlich dem Nazarener-Stil, vielleicht auch nahe einem ganz frühen Stil, den man z.B. in Ravenna finden kann. Wieder tauchte quasi ein Fragezeichen für mich wie schon damals in Bezug auf die Aussage dieser Kunst auf (genau wie bei der eigentümlichen Bemalung im Speyerer Dom aus dem

19. Jahrhundert). Unvergesslich aber auch, wie *Mäxchen* in Stuttgart mitten im Stadtverkehr plötzlich unter einen Laster fuhr. Ich sehe noch seine Hände, sie patschen an die hintere Wand des Lasters und mit einem Überraschungsschrei verschwindet er unter dem großen Wagen. Wir haben damals gelacht, wohl mehr als Überraschungsverarbeitung als aus Übermut, es war aber richtig gefährlich.

Auf Fahrt zu gehen und vor allem die nächtlichen Stunden im Zelt, mal am Waldesrand in Nähe der Wies-Kirche *("Feuer am Wald ist erlaubt, Feuer im Wald nicht"*, so der Forstbeamte damals), oder einmal mehr auf einer anderen Wiese, beflügelten mich, später mit den Jungen der *MC- Speyer (Marianische Kongregation)* jedes Jahr ähnliches zu unternehmen. Entlang der schönen Hardt ging es entweder in die Nähe von Bergzabern oder über den Rhein hinüber zu einer befreundeten Partnergruppe an den Neckar mit Badevergnügen.

Etwa vierzehn Tage entweder bei schönem Wetter am Wasser oder bei wirklich nur noch strömendem Regen über Tage lang im Zelt unter langsam zu spürendem Ausschlag an Beinen und Armen und endlich, endlich doch der Aufbruch und die Heimfahrt unter Voraussetzungen, die stählten, also immun machten gegen Unbill aller Art, aber auch abhielten von ähnlichen Unternehmungen demnächst, bis es wieder einmal soweit war.

In der Nähe von Bergzabern einmal, da übernachteten wir bei einem Kollegen aus dem Heim für eine Nacht, bevor wir zelteten. Da gab es ein Gespräch, das den ganzen Unmut der

Vergangenheit und auch noch der Gegenwart in sich enthielt. Plötzlich bei der Besichtigung eines Teilstückes einer nicht fertig gewordenen Autobahn aus der Zeit des Dritten Reiches (oder war es gar der Westwall?) entströmte dem Mund unseres Kollegen ein Wortschwall voller Hass auf die Franzosen, die immer noch als Besatzungsmacht in der Rheinpfalz zugegen waren. Ich erinnere mich da auch an einen Vorfall in Speyer, als bei einem Verkehrsunfall, bei dem ein französisches Auto beteiligt war, der betroffene französische Fahrer, ein Offizier, dem deutschen Polizisten derart arrogant in die Parade fuhr, wobei er kurz und sehr kräftig mit seiner behandschuhten Hand den auf sich zeigenden Finger des Polizisten nach unten schlug, dass alle Beobachter den Atem anhielten. Also, es gab da eine gehörige Spannung zwischen Deutschen und Franzosen in den fünfziger Jahren des letzten Jahrhunderts in der schönen Rheinpfalz und die Sympathien waren mehr bei den Amerikanern, die waren mächtig, die erinnerten wohl eher an deutsche Tugenden wie gewaltige Tatkraft und verkörperten mit ihrem militärischen Gerät eine wohltuende Sicherheit. Außerdem kamen Carepakete aus Amerika und ich selbst profitierte 1952 davon. Ich meine, es ist wichtig, dass man auch heute wieder einmal darüber redet, wie die politischen Verhältnisse damals waren, wie wir alle, Alte und Junge, noch betroffen waren vom nationalen Geist und uns bereits hingezogen fühlten zum neuen, dem Zeitgeist, der auch nicht viel anders war.

Unvergesslich die Nikolausfeiern im Konvikt, wo die Unterprima jeweils die Herrschaft übernahm und im geräumten Speisesaal mit Ruten kräftig zulangte, wenn notwendig. In meist guten, treffenden und gereimten Versen wurde zuerst über fast jeden von uns das Urteil gefällt: gut oder böse. Dann war entweder ein Geschenk zu überreichen oder es ging eine wilde Jagd los, die sich über den ganzen Raum erstrecken konnte. Es waren jedes Mal schon vorher die Erwartungen sehr groß, die fast nie enttäuscht wurden. Das konnte man sehen, wenn der Hintern gerieben wurde und die Tränen sich manchmal nur mühsam versteckten.

Alois Dewaldt war ein Freund der Musen. Eines Tages überraschte er uns mit der Nachricht, dass ein kleines Theater eingerichtet werden sollte. Und wirklich, es war bald soweit. Im Nebengebäude der „Großen", die ins neue Priesterseminar umgezogen waren, wurde unten ein schöner Raum frei, der mit einer Bühne und mit Beleuchtung ausgestattet werden konnte. Hier trieben wir zur Fassnachtzeit unser Spiel und schon bald konnten wir im Nebenraum unsere Masken basteln, die ganze Technik einrichten und das Licht montieren. *Berthold Metzger* war dabei unser unabkömmlicher Meister in allen technischen Fragen. Jetzt war jedes Mal zur Fastnachtszeit die Möglichkeit geboten, richtig Theater zu spielen und sogar Gäste gebührend einzuladen.

Das Musische kam, wie schon berichtet, gewiss nicht zu kurz bei uns im Heim, denn Jeder lernte ein Instrument und die meisten sangen dazu im Chor, wöchentlich oft zweimal. Mit dem Klavier machte ich bald, nach der zweiten Schule, Schluss und ging zum großen Kontrabass über. Diesen schleppte ich gelegentlich zur Schule mit, - zum Ergötzen meiner Kameraden, die mich langen Lulatsch sowieso gerne foppten -, da ich schon in Landstuhl so schmal und ellenlang war, während meine kleinen Freunde mir bis zur Schulter reichten.

Schulung im Musischen, darauf wurde also im Gymnasium und im Konvikt Wert gelegt und wir durften ab und zu in Speyer das Rheinlad-Pfälzische Landesorchester besuchen, um der Musik zu lauschen. Mozart, Haydn, Schumann, Schubert, Mahler, Straus, Dvorak waren uns nicht fremd, im Gegenteil, die Symphonien konnten wir sogar einigermaßen deuten. *Volker Eid,* unser Musikus, gab uns Hintergründe mit, wenn wir ihn fragten. Und das ist mir bis heute ein wahrer Quell der Freude geblieben, mir und meiner Frau: die Freude und der Halt an guter Musik.

Auch die weltliche Musik entschädigte uns damals für vieles. Amerikanische Klänge waren es, die zogen. *Elvis Presley* war *in* und *Harry Belafonte,* sein Gegenspieler, konnte zwar nicht ganz mithalten in der positiven Einschätzung der Jugendlichen, auch bei uns im Konvikt nicht. Aber erst einmal war da *Bill Haley* mit seinem: *„Rock around the clock"* und mit: *„See you later alligator".* Da waren wir sehr glücklich. Die Externen brachten ins Gymnasium die entsprechenden Platten mit und die wenigen Mädchen in unserer Klasse waren genauso begeistert. *„I got rhythm"* von *Gershwin* wurde einmal von einem der Alumnen auf dem Klavier intoniert und ich übte danach heimlich (selbst heute noch manchmal), um es irgendwie hinzukriegen. Ja, der Jazz war es, der mich und einige von uns, vor allem aus der Reihe der Kameraden im Gymnasium, interessierte (z.B. *Errol Garner* oder *Oscar Peterson*). Im Rundfunk aus Frankfurt und von Baden-Baden spielten die Barden, die jetzt zählten: *Doldinger* und *Mangelsdorf*, die man im Radio in der Ferienzeit gerne hörte.

Das Ende der leicht zu ertragenden Pubertät machte sich bei mir etwas verspätet bemerkbar - wie ich meine - etwa mit 14 Jahren war es dann soweit. In den Ferien aber hatten gleichaltrige Freunde, wenn wir über den Berg von Ebertsheim nach Grünstadt ins Kino wanderten – so war es aus den Gesprächen und Gesten erfahrbar - schon entsprechende Erfahrungen gemacht. Sie berichteten ziemlich stolz davon, zeigten es ungeniert und waren somit etwas weiter in ihrer fröhlich empfundenen Entwicklung als ich. Mich störte es weiter nicht und sie amüsierten sich deftig über meine großen Augen, die ich bei ihren Vorführungen machte.

Die Konviktsleitung war indessen in ihrer umsichtigen und klerikalen Erziehungsabsicht nicht nur im Heim auf unser Wohl bedacht, sondern, dass wir zum Beispiel auch in den Ferien schön brav blieben. Wir mussten jeweils nach den langen Ferien im Sommer ein Führungszeugnis vom heimischen Pfarrer mitbringen, dass wir auch wirklich ordentlich waren und regelmäßig zur Messe gingen und vor allem die Mädchen mieden. Geschenkt! Wieder im Konvikt, hatten wir unsere Erlebnisse, ich jedenfalls wusste mich zu trösten mit den Gedanken an bald kommende Ferien und überhaupt war ja

Vieles ganz anders als es die Heimleitung ahnte. Aus meiner glücklichen Zeit des Heranwachsens auf dem Land in Niedersachsen war ich schon etwas aufgeklärt und jetzt las ich mit etwa 16 Jahren - auf Empfehlung eines externen Mitschülers - neueste amerikanische Kurzgeschichten aus der „Fischer Bücherei", in denen auch Ausschnitte von *Jack Kerouac's* bekanntem Roman vorhanden waren. Außerdem kaufte ich mir bei den Heimfahrten fast jedes Mal den „SIMPLICISSIMUS", den es damals gab und las meinen Kameraden zum allgemeinen Gelächter daraus vor. Ich glaube, der *Alois* wusste es, sagte aber nichts.

In den Ferien waren unsere beiden quirligen Cousinen Rosemarie und Renate gern gesehene Gäste zusammen mit Burkhard, ihrem Bruder. Dieter und ich suchten sie genauso gerne auf, sie, die ganz in der Nähe mit Tante Röschen und ihrem lebensfrohen Vater, Onkel Alfred, wohnten. Übrigens kannte ich meine Cousine Rosemarie von Kindesbeinen an. In Schneidemühl, wenn wir zu unserer Großmutter fuhren, waren wir unzertrennlich. Ich mit meinen 5 Jahren und sie mit ihren vieren. Auch nahm ich sie damals oft bei der Hand, wenn sie ein wenig im Sprachfluss litt und sagte, sie solle sich keine Sorgen machen, ich heirate sie sowieso später einmal.

Manchmal kam auch Inge, eine Cousine von Mutti, die in Berlin zu Hause war und gut nähen konnte, mit ihrer Tochter Bärbel in unsere kleine Wohnung am neuen Bahnhof in Ebertsheim. Inge, eine schöne und unglaublich freundliche Frau, hatte als junges Mädchen damals im zerstörten Berlin eine Menge mitgemacht.

Mutti sprach manchmal darüber, aber man sah es Inge nie an. Jetzt, im Alter kommt so manches nach, nicht nur die frühe Kinderlähmung, auch seelisches Leid und Krankheit. Das sind keine schönen Momente und die Gedanken sind oft bei ihr, unserer lieben Inge, die nie gezeigt hat, dass sie einmal sehr gelitten hat, immer freundlich war, aber oft einen verinnerlichten traurigen Zug im Gesicht hatte, als wollte sie über etwas sprechen, aber nicht sofort.

Es war zwischen dem realen Leben in Ebertsheim und dem Konvikt in Speyer natürlich immer ein zu verspürender Unterschied zu merken. Hier in unserer kleinen Familie im überschaubaren Ebertsheim "tobte" das reale Leben in seinen Variationen, sicher manchmal etwas lapidar und dort im Konvikt fand eine Art Parallel-Leben statt mit einem Anspruch auf eine ganz andere Realität: auf Sicherheit für eine gewisse und schöne Zeit, vielleicht sogar für die Ewigkeit?
Im Heim lullte ich mich abends im Bett ein und ließ meine Gedanken spazieren gehen. Da dachte ich voll heimlicher Freude, wie es wäre, wenn in Zukunft einmal auch Mädchen zusammen mit Jungen im Heim untergebracht wären, um also eine moderne gemischte Erziehung zu wagen. In Zukunft, so dachte ich - naiv und enttäuscht über die momentane Unmöglichkeit dieses Zustandes - könnte es doch sicher mal so sein und man hätte dann die wunderbarsten Möglichkeiten zu spielen und ganz zufrieden zu werden und nebenbei vielleicht den Sinn eines Zölibats zu ergründen. Mit *Hans Gruber*, meinem Bettnachbarn, tauschte ich gerne diese Gedanken aus.

Ja, verliebt wie ich war in eine derart schöne kommende Zeit, die ich fast nicht erwarten konnte (und die ich eigentlich doch niemals erleben würde!), wurde ich ungeduldig, aber nie mürrisch, nie richtig unleidlich für meine Kameraden, aber recht gierig auf ein Mehr an möglichen Freuden des kommenden und wahren Lebens. Ich konnte mich, wenn ich mich recht erinnere, direkt in eine Zukunft werfen, die rosig und sonnenglänzend in mir aufstieg. Aber der Fußball half einen fast täglich wieder real auf die Beine, das war dann die richtige Medizin für manchmal doch aufkommendes unwirsch Sein, bis es einen irgendwie gänzlich wurmte und beengte. Immer diese Warterei auf die Zukunft, keine rechte kindhafte Freude mehr an der Liturgie und diese Hitze im Sommer!

Das war es. Die Hitze. Man kennt sie ja vom Hörensagen, die Gegend links des Rheins, also die Westseite, wo es weiter westwärts geht bis hin nach Frankreich und wo im Hochsommer - und manchmal auch früher - die Wärme wie ein Schwall durchs Rhonetal hoch in das Rheintal aufsteigt. Da riecht man den südlichen Duft schon während der Mandelblüte und träumt von Mädchen mit Mandelaugen und so ist es erklärlich, dass ich innerlich teilweise sehr glücklich war in der Pfalz in meinen jungen Jahren, teilweise ungeduldig; nie aber hatte ich Langeweile. Und überhaupt war ich meistens zufrieden, wie ich denke und schlau und allen überlegen in Sachen des wahren Lebens, aber nicht im Schulischen.

Inzwischen war ich als Leichtathlet zugange. Also richtig am Zug. Mit Spikes an den Füßen, die *Erich Braun*, ein sportlicher Konviktskamerad aus Deidesheim sich besorgt hatte und die er mir freundschaftlich borgte, ganz einfach so. Prima Sache, so konnte ich die 100 Meter immer schneller laufen, einmal fast bis unter die 12.00 sec, aber *Hans Gruber* war schneller, der hatte richtig trainiert. Trotzdem wurde ich einmal zur eigenen Überraschung bei den jährlichen Sportkämpfen auf Bundesebene Gymnasiumsieger im so genannten Drei- oder Fünfkampf. Auch Handball war in. Da war ich besser noch als im Fußball und wurde einmal in die Gymnasiumauswahl von Speyer gesteckt, um in Hassloch an einem Übungslehrgang auf Rheinland-Pfalzebene teilzunehmen.

Nach der mittleren Reife dachte ich kurz darüber nach, ob ich nicht aus dem Heim ausziehen sollte mit meinen bald 18 Jahren, die ich auf dem Buckel hatte. Einige Kameraden machten das und kamen damit ganz passabel zu Wege. Aber ich war irgendwie auch faul im Antrieb und so blieb ich noch eine Weile, die ich aber bis heute nicht bereue. Denn in der Oberstufe bekam ich so viel an guter Literatur und Kultur mit, dass ich ein Leben lang davon zehren werde. Auch die wöchentlichen Chorstunden, das muss ich sagen, sie waren wohltuend in jeder Hinsicht, also für die Stimme, den Körper, wie auch für das innere Wohlbefinden, wenn die Harmonien schließlich im Zusammenwirken erklangen. Dann die Theatertage im Heim an den Fastnachtstagen, die ersten Proben mit dem Leiter der Gruppe, der, so meine ich, Beziehungen zum Nationaltheater Mannheim hatte, auch Zugriff zu den Garderoben, wenn es sein musste. Das alles zählte. Und sie Schule mit Latein, Griechisch, Zusatz-Hebräisch, Mathe und natürlich Deutsch und den Naturwissenschaften, die gedanklichen Verknüpfungen hin zur Antike, die aufgezeigten historischen Zusammenhänge bis in unsere Zeit hinein, das alles war interessant und ich versuchte schon, mir vorzustellen, wie ich das einmal der Welt zugänglich machen wollte (als Lehrer oder eben als Pfarrer), einer Welt, die dahin raste und überall neu aufbaute, aber nicht an ihrem inneren zufriedenen Gefüge, wie mir schien. So geht es mir bis heute und deswegen schreibe ich das alles hier und jetzt auf. Vielleicht - man weiß es nie - vielleicht bewirkt es etwas, wie es der Dichter ja gerne denkt. Genau wie Borcherts Wolfgang es wollte, so dachte ich, genauso wie *"Draußen vor der Tür"* einschlug, genau so sollten, falls ich einmal schrieb, Inhalt und Ton sein (sage ich heute einfach mal so dahin, aber verratet es bitte keinem!). Denn, anders als Heinrich Böll oder Günter Grass, wurde Wolfgang Borchert damals wirklich gerne gelesen *und* zitiert. B. Traven, dessen Herkunft man immer wieder diskutierte, wurde außerdem auch gelesen und erwähnt von Mitschülern, aber ich las da schon lieber junge amerikanische Literatur aus der Fischer-Bücherei oder Hemingway.

(So zog ich wenig später - innerlich stark für neue Abenteuer und äußerlich wie hochgeschossen - ins normale Leben ein und die Sicherheit einer gelegentlich erfolgreichen Bühnenarbeit, die ich mir im Heim erworben hatte, genügte vorerst fürs Durchkommen, dachte ich und so war es auch, aber nur manchmal. Eine Überheblichkeit, die sich über dem normalen Leben schwang, sang in mir, ein tief empfundener Durchblick

sozusagen, der vor Unbill schützten sollte und sogar manchmal davor warnte. Aber die wirkliche Kraft zum Weitermachen, die kam schließlich durch eine Verbindung zustande, die wenig später sich vollzog. Man nennt es: eine erfolgreiche und glückliche Ehe, die ein heiles Familienleben verspricht - und hält. So kann man durchs Leben wandern. Und nur die eigenen Lieben verstehen einen, denkt man gerne, aber auch dann erst besser, wenn man sich geöffnet hat).

Vom begehbaren Dach unseres Konvikts, wo wegen der Hitze im Sommer der flüssige Teer von den horizontal verlegten Glasbaufenstern hinunter in den obersten Stock tropfte, da konnte man den unglaublichen Blick auf Speyer genießen, besonders nach einer wieder mal abgelegten herzerfrischenden Beichte an einem womöglich sonnigen Samstag-Abend. Und der Blick auf den nicht weit entfernten Dom im sanften Abendlicht gab mir (und sicherlich einigen meiner Kameraden auch) den restlichen Glücksschub. Das war dann noch einmal pure Wonne, ein Extrastück vom Zucker des kommenden Lebens und selbst eine vertrackte Lebensgeschichte des Pfarrers von Ars (oder war es nicht doch eher die Geschichte aus dem *"Tagebuch eines Landpfarrers"* von *Georges Bernanos?*), die als Hörspiel zugegen war und vom *"Knorze"* gelegentlich über Lautsprecher in die Studiersäle gelenkt wurde, konnte mich nicht abhalten vom sicheren Schwingen des inneren Gleichgewichts des schönen Seins. Klingt nicht schlecht, was?

Zu erwähnen sind natürlich die verschiedenen, aber regelmäßig stattfindenden "Wandertage" des Gymnasiums, die wirklich hauptsächlich entweder nach Heidelberg zum Schloss führten oder zum "Hambacher Schloss" in den herrlichen grünen, sonnenbeschienenen Vorbergen der Haardt mit einem wunderbaren tiefen Blick in die Rheinebene hinein. Da kam richtig Wanderlust auf, da dachte man unwillkürlich an das *"Hambacher Fest"* und an die frühe Demokratiebewegung im Jahr 1832, die aber kläglich verlief mit der Zeit. In Heidelberg waren wir regelmäßig erschüttert darüber, dass die Franzosen unter Ludwig XIV. in den Jahren 1689 und 1693 solch ein kostbares Schloss in die Luft gesprengt hatten, einen großen Teil davon für immer und warum wohl der *"Jäger aus Kurpfalz"* die Bagage dafür nicht bestraft hatte.

Unterdessen hatten wir in Speyer viel Zeit und Übung in täglich zu bewältigender oft stundenlanger Feier der heiligen Messe in unserer anmutigen Konviktskirche, wo der SCHOTT, das „Messbuch der heiligen Kirche" als wichtiges Nachschlagewerk beim Blättern nicht nur in meinen Händen lag, sondern auch in meinem gläubigen Herzen (natürlich damals schon mit Einschränkung). Und die in lateinischer Sprache gebräuchlichen Gebete waren auf der rechten Seite ins Deutsche übersetzt worden. Ein Beispiel aus der Messe vom 1. Februar gefällig, und zwar der Text zur Communio?

Communio:
„Frumentum Christi sum; dentibus bestiarum molar, ut panis mundus inveniar.

„Weizen Christi bin ich; der Bestien zermalmende Zähne mögen mich mahlen; so will ich werden zu reinem Brot.

Wahnsinn! So wurde auch ich mit der Zeit zu einem heimlichen Dichter und glücksgebundenen Überbringer heilsamer Worte für mich selbst und zwar immer lieber, je länger. Denn diesmal stand im SCHOTT keine Angabe hinter dem erbaulichen Text zur „Communio", kein Hinweis auf irgendeinen Brief von Paulus an wen auch immer oder ein Wink hin zu den Psalmen Davids, hier hatte jemand gedichtet und zwar ziemlich stark. Erste kleine Versuche in der Kunst der Poetik also auch bei mir und es ging, es ging wirklich!

Beispiel:
Nacht war`s - es hatte vergebens versucht der Hain
Den segelnden Gnom zu fangen -
Saß auf der Brücke von Eschnapur
Waltraud, das Kind, und hatte den Finger im Munde.

Na, wie klingt das?   Nicht so besonders, oder?   Und dieser Versuch?

Schäfer oder Schläfer

*Ich bin ein alter Schäfer
und stolpre über Schafe,
nicht morgens, wenn ich wach bin,
nein abends, wenn ich schlafe.*

*Dann nämlich, wenn ich bete,
bin ich wie weggetreten
und wenn ich auf sie trete,
gleich muss ich wieder beten.*

Klingt schon ein wenig besser? Na also!

Übrigens gab es in unserem Heim keine sexuellen Übergriffe, soweit ich mich erinnere. Im Gegenteil, es scheint, als wären wir sogar irgendwie gefeit gewesen gegen eine derartige Unsitte und man darf die natürliche Abwehr und saubere Raffinesse der Kleinen nicht unterschätzen. Vielleicht lag es ja auch an unseren Schutzengeln, das könnte sein. In unserem eingespielten Team war das auch irgendwie undenkbar. Wenn ich ganz intensiv nachdenke, wäre es vielleicht möglich gewesen, wenn während einer der üblichen meditativen Wochenenden ein externer Priester kam, um uns in einem Zimmer die Beichte abzunehmen oder überhaupt mit uns zu reden. Dann kam es vor, dass Kameraden schon mal warnten und sagten: „also, da kommt einer, da muss man aufpassen und wenn er dich nachher anlangt, dann schreist du und wir kommen rein, wir stehen vor der Tür"; aber es kam niemals zu einem Übergriff. Ich meine auch, wir hätten uns im Falle eines Falles wirklich sofort und sehr lautstark gewehrt *("Pälzer Krischer")* und die Großen unter uns sowieso. Es waren ja Anfang der 50-er Jahre 18- bis 20-jährige junge Männer im Heim, die vor dem Abitur standen. Sie hatten zum Teil noch den Krieg miterlebt und benutzten, wenn es darauf ankam, eine Sprache, die ironisch gefärbt sein konnte. Perversen Klerikern, die es wohl auch gibt, denen hätten sie die Freude rechtzeitig verdorben. Natürlich waren diese „immunen" Großen dann irgendwann mal nach dem Abitur weg, aber unsere Heimleitung war auch später wirklich integer. Ich meine sogar, in den letzten Jahren meines Aufenthaltes wären die beiden Präfekten besonders begabte und modern denkende Menschen gewesen. Der eine hieß *Gabriel,* den anderen Namen habe ich vergessen. Sie waren richtig gute Kollegen, die uns auch ihr geschätztes großes Tonbandgerät samt ihrer schönen Wohnung im Heim zur Verfügung stellten, damit wir richtige, zum Teil verrückte Hörspiele aufnehmen konnten. Zuvor hatten wir einen Präfekten, den wir *„Bulle"* nannten, den Namen habe ich ebenfalls vergessen, aber nicht die Ohrfeige eines Nachts, als er uns beim Stromern überraschte und mein Kopf dabei an die Wand flog. Sonst aber war auch er ein Mensch, mit dem man gut reden konnte, besonders später, als er ganz in der Nähe eine Stellung als Jugendseelsorger innehatte und uns schon mal - in Begleitung von einigen Mädchen - zum Kaffeetrinken in ein Restaurant einlud.

Das Schönste im langen Heimleben waren natürlich die Ferien, da schwirrte vorher das ganze Haus vor Aufregung und die aus Weidenruten geflochtenen Wäschekoffer wurden rechtzeitig zum Bahnhof gebracht. Mit der Bahn ging es erst nach Ludwigshafen und dann in einem schönen Bogen mit dem Bummelzug nach Grünstadt weiter. Unvergesslich der Ausblick aus dem Fenster auf die in der Ferne aufscheinende Hardt in ihrem grünen Waldmantel und den darin versteckten farbigen Ruinen. Von Grünstadt aus fuhr ein Triebwagen über Ebertsheim ins Eisbachtal hinein und gleich in der Nähe des putzigen Bahnhofs in Ebertsheim stand unser Haus, in dem wir zur Miete wohnten. Mutti wartete und Dieter war froh, dass er mal wieder einen Partner für sein beliebtes Fußballspiel hatte, dem er es richtig zeigen konnte. Auf dem breiten, geschotterten Platz vor dem Bahnhöfchen hetzte er mich im aus zwei Steinen gebauten Tor hin und her und gab kein Pardon, bis er die täglichen Vergleiche jeweils gewonnen hatte.

Großmutter Grunenberg und ihre Tochter Martha zogen nach einer gewissen Zeit ebenfalls zu uns in die Rheinpfalz und zwar nach Kleinkarlbach. Dieter und ich mussten also nur über den Berg in Richtung Sausenheim wandern, über die Autobahn springen und drüben wieder hinunter, dabei rutschten wir an Esskastanienbäumen vorbei ins Tal hinunter und ab ging es (mit blutenden Fingern, die sich an den spitzen Kastanienhüllen verletzt hatten) zur Oma. Dort wurde aufgetischt, dass es eine Pracht war und nach glücklichen Stunden bei Brotzeit und Wein ging es dann lustig wieder retour. Unsere andere Oma,

Großmutter Riebschläger, wohnte derweil bei uns im neuen Haus direkt am kleinen Bahnhof zu Ebertsheim. Sie betete oft leise in ihrem Zimmer, immer öfter je älter sie wurde. Das konnte man hören, denn sie war eigentlich gerne allein, doch immer bereit zu einem Schwätzchen mit mir und zur Aushilfe bei Tante Röschen sowieso, wenn diese mal im Krankenhaus war.

Im Sommer lockten wilde Brombeeren in den Hügeln um Ebertsheim und Dieter und ich pflückten sie emsig, weil Mutti uns köstlichen Gelee und Marmelade daraus kochte. Neben dem Pflücken der wilden Brombeeren und dem Einsammeln von Äpfeln unter den entsprechenden Bäumen untersuchte und fing ich manchmal einige der recht großen Heuschrecken, steckte sie in Einmachgläser, fütterte und beobachtete sie eine Zeit lang und nahm sie sogar mit ins Heim. Das war sicher schon der Beginn meiner eher naturwissenschaftlichen Interessenslage, wenn man von den Raupenfängen und Schmetterlingsfreuden aus der Ligusterhecke meiner jüngsten Kindheit in Stargard einmal absieht.

Dass es im Leben aber auch darauf ankam, genügend von dem zu besitzen, was uns die Möglichkeit gibt, für Essen und Trinken und für Kleidung zu sorgen, wurde mir einmal in den Ferien recht deutlich gezeigt. Mutti trug Zeitungen aus, um ein wenig zu ihrer damals noch recht geringen Pension dazu zu verdienen. Einer Kundin schuldete sie nach dem monatlichen Kassieren wohl noch eine kleine Summe (oder umgekehrt, sie hätte noch etwas bekommen müssen, ich weiß es nicht mehr genau), da kam eines Abends diese Frau in unser Zimmer und nachdem sie Dieter und mich gemustert hatte, meinte sie: *"Komme wegen den Jelde"!* Gut, wir machten ihr klar, dass Mutti gerade nicht zugegen war, aber die Betonung des Gesagten, diese Wichtigkeit in der langsamen, aber deutlichen Aussprache, überzeugte mich von der immensen Bedeutung des Geldes und selbst hier in Franken hört man Ähnliches, gerade im ländlichen Umfeld mit dem kurzen Satz *"Wachern Gald"* immer mal wieder aufflackern. Ja, es ist ein Ding mit dem *"Scheiß Geld"*, wie es sogar unser Pfarrer unlängst in der Kirche ausdrückte. So ist es! Und trotzdem: genügend Geld im Haus zu haben, das ist ein Ziel für jeden Familienvater, für jede Ehefrau, Ehrensache einfach. So ist es und so muss es sein!

Die erwähnten arbeitsamen Ferienzeiten im heißen Sommer bei meinem Schulfreund *Ralph Becker* in der Hinter- Pfalz auf dem Bauernhof oder zu Hause im Grünstadter Freibad aber waren genussvolle Ausgleichserlebnisse, die dem Treiben im Konvikt in der Weise gegenüberstanden, als sie in freier Umgebung stattfanden und in dieser Weise wichtige Alternativen zum beengten Konviktsleben darstellten. Die Winterferien bei ziemlich häufiger Partylaune zusammen mit unseren Nachbarmädchen taten ein Übriges, um sich zu heranwachsenden menschlichen Wesen zu entwickeln, leider aber nur sehr zaghaft, weil es immer wieder zurück ging in ein Heim,

auf dessen hoher Außenmauer scharfe Scherben und sogar Stacheldraht angebracht waren, damit wir nicht ausrückten. Eingeschlossen in einer Kaserne, genau wie ihr, meine Lieben, fühlten wir uns mitunter!

Und wenn es doch einer wagte, nachts aus dem Haus über diese Mauer zu entkommen und, vor allem, wieder zurück, wie freuten wir uns diebisch, wenn dieser Kamerad vor versammelter Mannschaft sich mutig verteidigte. Wie in einem schrecklichen Gerichtsverfahren wurde er schließlich heruntergemacht und manchmal sogar auf immer verbannt. Das genügte dann wahrscheinlich einigen und mir, endlich aus dieser falsch blühenden *Gemeinschaft* auszusteigen. Bei diesen geschilderten unschönen Abmahnungen war einer der Präfekten, den wir *Bulle* nannten, ein scharfer Aufpasser wie ein regelrechter *Vollstrecker*. Es war der, mit dem man eigentlich ganz gut reden konnte. Jetzt aber zeigte er sich in der Gestalt des strengen Erziehers mit einer - wahrscheinlich von Gott - ausgestatteten Vollmacht.

Irgendwie musste also die Zeit im Heim zu Ende gebracht werden, so dachte ich nun öfter. Aber es sollte noch eine gewisse Zeit dauern, bis es soweit war. Noch war Heim-Zeit angesagt mit täglichem Gang ins Domgymnasium, mit Studium, Spaß und Theaterspielen. „Häuptling Abendwind oder das gräuliche Festmahl" von Nestroy, „Der Perserschah" von Preußler, ich durfte jeweils die Hauptrolle spielen und die Befreiung auf der Bühne war wie ein Höhenflug.
Bahnte sich da etwas an, lag da etwas in der Luft, ein früher *Klaus Maria Brandauer* etwa?

Alois Dewaldt zumindest schien es zu ahnen: „Demnächst", sagte er: „Shakespeare, Julius Cäsar, spielst die Hauptrolle, den Brutus!".

Mutti war inzwischen nach Bamberg umgesiedelt und Dieter besuchte ebenfalls ein Heim, und zwar in Regensburg, wo er sich auf einer Handelsschule fürs Leben vorbereitete. Es begann also für uns beide bald die reale Wirklichkeit, wie wir es ahnten. Der Entschluss, einmal Priester zu werden, war inzwischen bei mir geschrumpft zu einem immer weiter sich entfernenden Bild, das sich irgendwo wie im Nebel verlor. Die Welt lachte und lockte, die Schule begann langweilig zu werden und ich wurde ihr auch nicht mehr gerecht. So schleppte ich mich im schönen gemütlichen Speyer noch eine Weile dahin, bis es endlich zum inneren Aufbruch kam. Aber vorerst tat sich noch Einiges, das im nächsten Kapitel zum Tragen kommen wird. Und, wenn ich es recht bedenke, die zu verspürende Einengung oder vielmehr das zielbewusste Hinführen zu einem als absolut anzunehmenden und dann vielleicht nicht lebbaren Glauben im klerikalen Sinn, das war es wohl, was mich im Inneren warnte. Etwas ganz Wichtiges stimmte hier nicht, etwas, das im praktischen Leben geklärt werden musste, so spürte ich es jedenfalls und wurde immer unruhiger.

Vierzehntes Bild

(Ein ausführliches, fast ausferndes Kapitel. Das Kind wird erwachsen, betrachtet seine Religion und die katholische Heimerziehung vorsichtig kritisch und verlässt nach langem Zögern entschlossen das Heim)

Viertes Kinderlied

Spielten Theater, alljährlich vor Ostern,
die Fastnachtszeit, sie war uns lieb,
kein Zagen gab es, das Warten als Freude,
der Unmut unter der Decke blieb.

Das Lernen der Texte, das Basteln der Masken,
„Das gräuliche Festmahl", „Der Perserschah",
Nestroy und Shakespeare, auch kleine Späße,
alles nicht ferne, alles so nah.

Aber, was echt auf den Nägeln uns brannte,
war der Kick, der Sprung über Mauern,
doch diese Mauer, sie ist gespickt,
Eisen und scharfe Scherben lauern.

Vor der versammelten Meute zuweilen
wurden etliche, die sich getraut,
über diese Mauer zu springen,
wie die Verbrecher aufgebaut.

Und dann hieß es, sie hätten die Freiheit,
wohlgemerkt, die Freiheit gesucht,
ruckzuck waren sie ausgebucht,
ab ging es mit Schwung in die Neuzeit.

Aber schon damals führte ich Buch
um das Wissen, um Freiheit und Qual,
und als man sagte, hier darfst du bleiben,
fühlte ich mit einem Mal:

Hier musst du weg, hier kannst du nicht weilen,
hier bis du eingesperrt und das,
was du gelernt hast, musst du teilen
mit den Menschen, so wird es was.

Eigentlich wäre ich hier, wie anfänglich beabsichtigt, schon am Ende meiner Kindheitserinnerung angelangt und hätte nur noch das vorletzte Kapitel als allgemeine Erklärung zum besseren Verständnis der politischen Gründe unserer Flucht bearbeitet, um dann das letzte Kapitel lyrisch ausufernd als dankbarer Mensch zu schreiben. Doch gehe ich trotzdem schnell noch einmal zurück in die wichtige Phase meines jungen und interessanten Lebens, ins bischöfliche Konvikt in Speyer. Es wird sich dieser Rückblick lohnen, denn heute erkenne ich, wie hochgezogen unsere klerikale Erziehung war. Eugen Drewermann hat in seinem Buch: „KLERIKER - Psychogramm eines Ideals" (Anhang 5) darüber ausführlich berichtet und es ist meiner Ansicht nach leider erschütternd und wahr, was er beschreibt, wenn zum Beispiel Beengung oder Druck als Erziehungsmuster herhalten müssen und nicht etwa Freude, die sich auf eine vielleicht doch erkennbare Wahrheit stützen könnte.

Und hochgezogen, fast zu einem religiösen Fanatismus, war auch die Philosophie des Nationalsozialismus, ihr Lieben, der ihr damals regelrecht unterworfen wart: auf Folgsamkeit nämlich und auf ein enges Miteinander, zusammengeschweißt in Aufmärschen mit fliegenden Fahnen unter schauderndem Innehalten und Hinstarren auf eine schon erreichte und bald noch erreichbar höhere Größe, wie sehnsüchtig wartend auf einen Messias mit dem Befehl in den geforderten Tod, wenn es sein musste. Und es musste sein.

Der Tagesablauf im Konvikt begann - ich hoffe, es interessiert und ich habe nicht zu viel davon vergessen - mit dem Wecken um 6 Uhr morgens (sonntags um 7 Uhr, wie schön!). Es folgte eine kurze Messe bis etwa 7 Uhr, dann eine Vorbereitung für den Schultag und um 7,30 Uhr war etwas Zeit für das kurze Frühstück. Um 8,00 Uhr begann pünktlich der Unterricht im Gymnasium. Um 13 Uhr war meistens Essenszeit. Bis um 15 Uhr konnten wir Fußball spielen oder durch die Stadt oder die Gegend zockeln, natürlich nur in Gruppen.

Dann war Studium angesagt bis etwa um 18 Uhr, unterbrochen von Musikstunden an einem Instrument. Ab 18 Uhr Abendessen und dann Freizeit bis 19 Uhr mit anschließendem Chorgesang oder Gruppenstunden in einer Gemeinschaft, die man sich aussuchen durfte, entweder die *„Marianische Kongregation"* oder den *„Bund Neudeutschland".* Dann irgendwann so um 19,30 Uhr Abendandacht, Nachtgebet und *Silentium*, also Schweigen bis zum nächsten Morgen nach der Frühmesse. Ich wählte für mich die *„Marianische Kongregation"*, lernte etwas Gitarre spielen und wurde bald Gruppenführer und später sogar Vorsitzender der Kongregation in Speyer. Im Sommer unternahm ich mit etlichen Jungen immer wieder und auch sehr gerne die Veranstaltungen von Zeltlagern, meist am Neckar bei befreundeter Partnerkongregation oder auch in der Süd-Pfalz, in der Nähe von Bergzabern.

In besonderer Erinnerung geblieben ist mir die zu Herzen gehende Feier, als wir von der *„Marianischen Kongregation"* uns der Gottesmutter Maria als *„Sodalen"* weihen durften, in einer Lebensweihe sogar! Zuerst bereiteten wir im großen Speisesaal, der als Aula diente, ein überdimensionales schönes Mädchenbild in schwarz-weiß vor und hefteten es an die Wand. Es war ein wahres Idealbild einer reizenden Gestalt, richtig lieblich. Wahrscheinlich fand dann auch wieder eine schöne Feier statt im üblichen akademischen Rahmen, also mit Vorträgen am Klavier, Orchesterstückchen und frommen Lesungen. In unserer Konviktskirche erfolgte dann unsere eigentliche Weihe, wobei die einzelnen Gruppen, dem Alter nach, vor dem Altar antraten. Ich stellte sie als Vorsitzender namentlich vor und sodann die zu Tränen rührenden Weiheversprechungen, sicherlich schon als Übung für spätere Weihen angedacht und sodann doch tatsächlich wie eine leise Warnung an mich, aber durchaus (heute betrachtet) wie ein Hinweis in die Zukunft, denn meine Frau heißt wirklich mit ihrem ersten Namen Maria. Ein Wunder, halleluja, ein Wunder! Natürlich ein schöner Zufall.

Es gab in jedem der Trimester jeweils, so waren die Schuljahre in der Pfalz damals unterteilt, Einkehrwochenenden mit Beichte und Meditationen, recht eigentliche Tage süßer innerer Einkehr. Meine Güte, wo wir doch sowieso schon eingekehrt waren, eingekastelt. Das in dieser Phase dann meist auch noch deutlich ausgedehnte *Silentium,* länger als sonst üblich, war nicht das Ungewöhnliche, sondern eher das Gewohnte und mit der Zeit wurde auch diese Zeit, die der inneren Erbauung dienen sollte, zur durchschaubaren Langweile mit Ansage und selbst die besten Prediger, die extra dazu eingeladen wurden (meist Jesuiten), konnten - bei mir zumindest - nicht oft genug das hervorkitzeln, was man innerliche Erbauung nennen mag. So war natürlich vieles wie umsonst gesagt.
Das tägliche Feiern der heiligen Messe allerdings war für mich, vor allem in der letzten Zeit meines Aufenthaltes im Konvikt, eher schon etwas Besonderes. Da las ich den Ablauf der Messe im „Schott" oft langsam mit. Der „Schott", „Das vollständige römische Messbuch", wurde, wie schon gesagt, von den

Beuroner Mönchen herausgegeben (wir hatten sie einst mit dem Fahrrad besucht) und gleich vorne im *„Schott"*, *Herder - Druckerei, Freiburg im Breisgau 1949* stand unter der Überschrift **Opferhandlung-Konsekration** etwas geschrieben, das bei näherer Betrachtung erstaunlich war:

"Sicher ist, daß Christus, und zwar indem er als Haupt der Kirche und mit seiner Kirche opfert (!), im Opfer der heiligen Messe die Opfergesinnung, die er am K r e u z e hatte, unverändert besitzt und zur D a r s t e l l u n g bringt, freilich nicht mehr in der Form eines blutigen, qualvollen Sterbens, sondern `in unblutiger Weise` (Konzil von Trient). Sicher ist, daß die heilige Messe wie das Kreuzesopfer ein w a h r e s, in der Gegenwart (!) sich vollziehendes O p f e r ist.

Nach dieser Aussage muss die Zeit während der Wandlung, wenn ich es recht verstehe, irgendwie stehen bleiben *(„in der Gegenwart vollziehend")*, etwa wie es im Sinne einer Zeitmaschine vielleicht geschieht? Und dann geht es unter der Überschrift 2. **Messe und Kreuzesopfer** folgendermaßen weiter:

„Deshalb ist die heilige Messe in ihrem Wesen eine Nachbildung des Kreuzesopfers Christi, aber nicht ein leeres, schattenhaftes Bild, wie es etwa ein Passionsspiel ist, sondern eine wirkliche Darstellung, in welcher derselbe Christus, der sich am Kreuze opferte, lebendig, wenn auch nicht in blutiger Weise, im gleichen Geist und mit derselben

inneren Gesinnung sich opfert wie ehedem am Kreuze. Die heilige Messe ist demnach ein lebendiges, die Wirklichkeit geheimnisvoll in sich schließendes Bild, eine lebendige Vorführung und in diesem Sinne eine wesenhafte Vergegenwärtigung oder Erneuerung (Röm. Katechismus) des Kreuzesopfers. Die heilige Messe schließt also eine innere und wesenhafte Beziehung zum Kreuzesopfer ein und ist nur in dieser Hinordnung auf das Kreuzesopfer ein wahres Opfer."

„Willkommen im Club der Dichter!", könnte man sagen, oder ist dies bereits der „Ort der Geist-Dynamik", worüber wir noch Näheres hören werden? Damals in Speyer aber war ich innerlich angetan, ergriffen sogar von dem, was dastand. Heute wundere ich mich über meine Naivität von damals und kann Menschen verstehen, die sich, wenn überhaupt, diesem Thema nur stellen, um es intellektuell zu betrachten und den Sinn dahinter zu verstehen.

Dieser gerade erwähnte Text über die heilige Messe, die so genannte Eucharistie, aus dem SCHOTT ist nämlich kunstvoll, poetisch und doch irgendwie raffiniert schimmernd wie so mancher "heilige" Text einer jeden Religion oder wie fast jedes gute (unfertige!) Kunstwerk, wodurch es eben zum Nachdenken oder Weiterdenken anregt. Die Aussage hier aber wird als ein fertiges und als ein absolut wahrhaftig zu glaubendes Bekenntnis-Konstrukt dargestellt, wahrscheinlich während des Konzils von Trient im Entwurf entstanden, also eine recht paradoxe Situation. Und es entsteht gleichzeitig im Kopf zusätzlich so etwas wie ein bewusst erzeugtes Theater, ein sich drehendes „theatrum sacrum" um den wichtigen Kern unserer katholischen Glaubenslehre. Und weil es kunstvoll ist, was da geschrieben ist, muss es doch zwangsläufig dauernd im Geist fortgebildet, sozusagen gedeutet werden, nämlich im eigenen Kopf.

Damals aber, als wir wie gläubige Kinder waren, Heranwachsende schon, nahmen wir dieses „Geheimnis" einfach so hin, weil Geheimnisse irgendwie immer interessant sind und beinahe wäre auch ich dem gänzlich unterlegen gewesen, es dauerte wirklich noch einige Zeit, bis es bei mir soweit war und ich mich aufraffte, weg vom klerikalen Parallel-Leben ins wahre Leben einzusteigen, so bequem war ich damals, so unschlüssig noch.

Täglich aber wird immer noch weltweit die *„heilige Messe"* gefeiert, ein enormes Ereignis, begleitet von einer womöglich dem dramatischen antiken Theater entlehnten Liturgie, die genau auf das abzielt, was als *„wesenhafte Vergegenwärtigung"* zu glauben ist, wenn der Priester die Wandlungsworte spricht (durch Epiklese!). Und es ist so, dass man diesen Opfertod außerdem immer wiederholen kann, wenn der Priester es durch Anrufung mit den Wandlungsworten will. Dadurch wird der Priester wie zu einem gewaltigen Zauberer, und das ist auf jeden Fall sehr interessant und geheimnisvoll.

So also wollten sie uns vorbereiten auf ein Leben als Priester, uns alle, die gläubigen Jugendlichen und auch die noch etwas zögernd Glaubenden, wie mich. Doch was sich da im „Geheimnis" ereignet, was zu glauben wäre, führt wie auf einer geistigen - eher auf einer kulturellen Bahn - weit hinein in die Antike, auch in die Schriften des AT und schreit regelrecht nach Deutung.

Manchmal hat es wirklich den Anschein, als versuche das katholische Lehramt uns Gläubige zu prüfen, wie weit es noch gehen kann, bis wir endlich einmal aufschreien. Oder ereignet sich mit und in der Eucharistie etwas, was wir mit dem Ort einer geistigen Dynamik bezeichnen könnten ("Ort der Geist-Dynamik"), wie es Volker Eid, unser Klassenprimus und spätere Moraltheologe in seinem wundersamen Buch "Christlich gelebte Moral" (ACADEMIC PRESS FRIBOURG, 2004) auf Seite 228 sinngemäß ausdrückt, einer geistigen Dynamik, die sich eventuell gleichzeitig mit der Evolution verbinden möchte? Das wäre dann eine Steilvorlage für unsere modernen Physiker, ein echtes Zuckerle. Gut, unser ehemaliger Klassenprimus schreibt jetzt sehr professoral und sehr didaktisch, also die Kür. Die Pflicht ist von einer anderen Art, sie lässt die Kür nur ab und zu aufleuchten. Die Pflicht ist das Leben.

Mir aber scheint daher das altehrwürdige Poem über die Eucharistie „O sacrum convivium" alles auszusagen, was diese Geistdynamik unter Umständen betrifft und deshalb versuche ich, eine eigene Übersetzung zustande zu bringen. Hier der Versuch:

O sarum convivium

O sacrum convivium,
In quo Christus sumitur,
Recolitur Memoria
Passionis eius.
Mens impletur gratia
Et futurae gloriae
Nobis pignus datur.

O, heiliges Beisammensein,
Christus wird genossen,
Seines Leidens Widerschein
Nochmals ausgegossen.
Der Geist entflammt in Dankbarkeit
Für die erstrebte Herrlichkeit,
Weil der Beweis erschlossen.

Zum Hinknien schön, oder etwa nicht? „Weil der Beweis erschlossen", so einfach machen es sich die Dichter. Vorsicht ist daher angesagt bei so genannten „heiligen Texten"!

Der evangelische Professor Gerd Lüdemann zeigte unlängst in seinem Buch "Die ersten drei Jahre Christentum" als Forschungsergebnis auf, dass sowohl Paulus als auch Markus ganz zielgerichtet das "Herrenmahl" als Art einer "Verankerung einer sakramentalen Praxis der Gemeinde" sehen und es so auch beschreiben (Anlage 7). Das ist ein wichtiger Hinweis, der einleuchtet und einiges erklären kann. Denn, wenn es so ist, wo ist dann die Verankerung zu suchen, in den antiken Vorbildern, etwa im Dionysoskult, im Isiskult oder bei Mithras?

Uns Katholiken sollten daher auch die Auffassungen Zwinglis oder Calvins zu denken geben, die gespürt haben müssen, dass mit dem Sakrament der Eucharistie, beziehungsweise mit dessen geheimnisvollen Weg durch die Zeit, etwas geschehen ist, was allenfalls dem menschlichen Geist zuzuordnen wäre, der schönen philosophischen Denkweise, der philosophischen Kür sozusagen (Zwingli spricht sogar von einem Wahn!). Und auch Luther hat nur zwei Sakramente bestehen lassen, die Taufe und das Herrenmahl mit der so genannten „Realpräsens", also der Gegenwart Jesu beim Empfang des Abendmahls. Eine „Transsubstantiationslehre" (Wesensverwandlung) aber hat er abgelehnt. Allerdings wird, so betrachtet, die heilige Messe ihrer schönen Liturgie und der didaktischen Raffinesse, also ihres dramatischen Kunstwertes beraubt und damit etwas kalt und öde, denke ich. Also doch lieber der katholischen Liturgie aus dem „Tridentinum" folgen, wenn man echt transzendental fühlen möchte, romantisch gar, innerlich beglückt und beschenkt? Wäre durchaus zu empfehlen, immer wieder, aber mit dem Wissen, woher alles kommt und weshalb es so ist.

Trient

Der Tag mit seinem Angesicht
Ist freundlich wie die Gegenwart
Und wie ein Anfang, wenn das Licht
Berührung bringt bei schneller Fahrt.

So leise flehend kommt und geht
Der Schein der Welt und Einer nur,
Er kennt die Läufe und erhellt
Die Zeit und auch der Zeiten Uhr.

Kommt heimlich und er ist bereit,
Die Stunden und Beweglichkeit
Zu zähmen und mit leichtem Kuss
Besiegelt er den Freundesschluss.

Das Licht der Berge bricht den Tag,
Die Nacht folgt seinem Wink, es ist
Von allem, was da kommen mag,
Ein Zeichen, das die Zeit durchmisst.

So wanderst du, der Morgen kommt,
Zum schönen Ort, er ist umsäumt
Von lichten Bauten und es frommt
Sogar der Brunnen, wenn er schäumt.

Hier saßen sie und redeten
Und gaben Antwort auf die Fragen
Und wollten es nach Hause tragen
Und sangen es und beteten.

Die Jahre singen in die Zeit,
Die Menschen, die sich damals trafen,
Belohnten sich und ihre Strafen,
Treffen nur den, der nicht bereit.

Der Tag mit seinem Angesicht
Ist wie des Freundes Gegenwart
Und wenn ihr nach Trient einst fahrt,
Dann singet und begrüßt das Licht!

Uns war damals im Heim zu Speyer das gemeinsame Singen religiöser Chorsätze nicht nur Pflicht, sondern es hat uns richtig interessiert und gefallen, weil Musik etwas erreichen kann, denke ich. Wenn man zum Beispiel die chorische Oster-Liturgie von Rachmaninow hört, überhaupt liturgische Gesänge, die gewaltigen Gesänge des Chores der Sixtinischen Kapelle zu Rom an Feiertagen, majestätische oder leise Orgelklänge, man meint eine Musik – besonders auch, wenn Gregorianik ertönt - wie aus einer anderen Welt, vielleicht dem Jenseits zu hören und selbst zeitgenössische Komponisten erzeugen zum Teil Sphärenklänge, die uns innerlich erregen und bewegen, ganz zu schweigen von der religiösen Musik Glucks, Haydns, Mozarts, Bachs. Hier sind vor allem die Passionen (Matthäus-

und Johannespassion) zu nennen, die religiöse Musik Mendelssohns oder die von Verdi, von Brahms, Gounod und vielen anderen (Wagner einmal beiseitegelassen). So war es uns damals im Chor immer auch ein inneres Vergnügen, wenn wir erst in Übungsstunden mit Einzelstimmübungen und dann gemeinsam uns in Harmonien beim Auftritt wiederfanden, um es einmal etwas poetisch auszudrücken.

Die Musik also oder auch gelungene Rezitationen schöner, gar „heiliger" Texte können uns behutsam hinführen zu den seltenen und seligen Gefilden unseres Seins (außerhalb der geliebten Ökonomie in ihrer schillernden Schönheit, die wir geradezu anbeten). So werden wir aufs Schönste mitgenommen, subtil, sanft und gezielt wie mit der Absicht, uns eine wohltuende Endorphin-Ausschüttung zu ermöglichen oder um Wohlgefühl einströmen zu lassen. Und am Ende fühlen wir uns womöglich überrascht vom glückseligen Gefühl der Verschmelzung mit dem, was tief in uns lauscht und was wir zuweilen Gott nennen. Es ist die Kraft der schönen musikalischen Dichtung, die edle Muse also, die uns bewegt und im Kopf regelrechte Sprünge verursachen kann. Transzendente Sehnsüchte der Menschen ergießen sich nämlich, denke ich, oftmals in Poesie, in Liedern, in Musik und Bildern und entstammen somit einer inneren Kraft, die vielleicht gerade einmal wieder einer Bedrohung entweichen möchte. So ist Transzendenz oder Religion ein menschliches Bedürfnis, irgendwie auch erklärbar, geheimnisvoll, aber doch niemals absolutes Dogma, wie zum Beispiel das von der leiblichen

Himmelfahrt Marias. Dieses Dogma war wirklich erst kurz vorher im Heiligen Jahr 1950 von Papst Pius XII. verkündet worden, wie um uns Gläubige kurz nach dem verheerenden Chaos des Krieges gänzlich auf unsere noch vorhandene Vernunft zu testen. Wobei doch schon die Empfängnis durch einen Geist, gut das ist in diesem Fall der Heilige Geist, unsere Vorstellungskraft und unseren Glauben hart auf die Probe stellte und stellt. Und selbst wir, die Zukunft der kommenden Priester im Bistum Speyer, hielten uns dran. Das ist mir bis heute wirklich ein Rätsel.

Denn aus einer gewissen Distanz und mit zugelassener Empfindlichkeit betrachtet, werden uns Religion oder Transzendenz oder musische Kunst ganz allgemein niemals in die Tiefen des Wahns führen können, uns immerfort knicksen lassen vor geheimnisvollen Tabernakeln oder gar fanatisieren zu „heiligen" Kriegen, sondern gerne die Saiten unserer Empfindung wie die einer göttlichen Harfe erklingen lassen, wenn wir es zulassen, kritisch und auch mal mit Schmunzeln zulassen. Na, wie klingt das?

Leider wird auch das „Credo", unsere altehrwürdige christliche Hymne, in den einzelnen christlichen Konfessionen weltweit womöglich bedenkenlos heruntergebetet, ohne sich um die Bedeutungen der einzelnen Aussagen zu kümmern oder gar die Historie, also die Entstehung unseres Glaubensbekenntnisses etwa aus dem Jahr 325 oder erneuert 381 n. Chr. für sich zu beleuchten. Statt es einmal ehrlich und historisch als Glaubensgedicht zu betrachten *(von Kaiser Konstantin bestimmt und seinem ergebenen Bischof Eusebius aufgetragen und 381 noch einmal erneuert unter Kaiser Theodosius),* wird es tapfer plappernd, oft sogar mit Stolz auf das auswendig Gelernte, heruntergeleiert *(manchmal auch in der apostolischen Version).* Gut, so haben wir es einmal brav gelernt. Doch ohne Anstoß daran zu nehmen wäre ein unbedachtes Herunterbeten bei einer historischen Betrachtung nicht mehr möglich. Auch katholische Christen sind heute informiert und wissen, um was es geht: Um das Angebot eines Erziehungstheaters, angelehnt an die großen griechischen Dramen, an das AT und NT und an das, was wir hellenistische Kultur oder Aufklärung nennen *(Sokrates, Platon, Aristoteles, steht mir bei!).* Und die Erlösung kommt, wenn überhaupt, vom Menschen, denke ich. Deshalb hat man ja Gott schließlich vermenschlicht (ist immerhin christliches Gedankengut).

Meinetwegen müsste man nichts an der Liturgie ändern, auch nicht an den Texten, nur ehrlich muss man sein, nur erklären, wie alles zustande kam, wie es von Menschenhand aufgeschrieben wurde, was als Hoffnung von Anfang an dahinterstand und was auch wahrscheinlich immer noch gilt, uns endlich zu erlösen vom Bösen in der Welt, von der Gier, vom Krieg und von einer möglichen Vernichtung.

Das Elend der Welt fleht zum Himmel,
Doch der Himmel bleibt stumm.

Das Elend der Welt ruft zum Himmel,
Doch der Himmel bleibt stumm.

Das Elend der Welt schreit zum Himmel,
Doch der Himmel bleibt stumm.

Das Elend der Welt spricht zum Menschen,
Und der Mensch nimmt es an.

Eine Hinwendung zu einer - und dann auch meinetwegen - gedanklich sogar greifbar möglichen, also transzendenten Wahrheit in einer wünschenswerten und aufgeklärten Art wird zwar so bald nicht möglich sein. Das haben schon ganz andere „Kenner der Materie" zu bewegen versucht und es wäre ein wirkliches Wunder, wenn es einmal geschähe. Nun, unsere christliche, zumal römisch- katholische Kirche ist seit Kaiser Konstantin und vor allem Kaiser Theodosius eine Machtkirche. Theodosius, der z.B. eine Nichtanerkennung des im Jahr 381 nochmals bestätigten „Credo" mit der Häresie beantworten ließ, hat für dessen gehorsame Anerkennung gesorgt und auch das Lehramt in Rom wird weiterhin auf der Hut sein, dass sich an der Lehre der katholischen Kirche nichts ändert, bis sie womöglich doch einmal der „Geist-Dynamik" zum Opfer fallen könnte und zwar als Wunder. Die Bischöfe wären diejenigen, die das immerhin wertvolle, aber auch historische Erbe unseres Glaubens in ihren Predigten behutsam deuten dürften, aber sie können doch wirklich - weiß Gott nicht - von einer Zeit reden, die bei der Wandlung während der „heiligen" Worte sozusagen (wie durch Zauberei!) regelrecht stehen bleibt. Also besteht Hoffnung? Und - seien wir ehrlich - die wirkliche Krise der katholischen Kirche liegt nicht an Äußerlichkeiten wie dem Zölibat oder an einer religiös *gemischten* Ehe, die man nicht anerkennen mag, sie liegt, wenn überhaupt, tiefer, ganz tief nämlich. Also ran an ehrliche und historische Erklärungen. Einige Seiten nur in jedem neuen Gesangbuch, das wäre mal eine sich lohnende Arbeit für unsere Glaubenskongregation in Rom! Und nicht nur offiziell dauernd schöne Gewänder vorführen wie sie die lieben Heiligen im gedachten Himmel womöglich tragen!

Meines Erachtens wird zudem aus Angst vor dem Verlust absolut gedachter Auffassungen auf dem Gebiet eines möglichen „religiösen Miteinander" zu zaghaft auf die eigene Entwicklung des Christentums aus dem Judentum heraus eingegangen. Ja, die Bezüge daraus werden für meine Begriffe sogar sehr schwach erhellt. Jesus war aber doch Jude und jüdische Glaubenslehre erwartet einen Messias. Wir Christen *(ebenfalls aus der Wurzel Jesse gläubig lebend)* glauben in Jesus den Messias zu sehen und hoffen *(eigentlich wissend)*, dass er noch einmal kommen wird. Die Juden glauben weiterhin *(und natürlich schon länger als wir Christen),* dass ein Messias kommen wird. Wir Christen *(eigentlich jüdische Christen, wie*

Paulus etwa!) glauben also, dass er *noch einmal* kommt. Das sollte uns trösten und zusammenführen und nicht trennen, Frieden ermöglichen und endlich auch die Beziehung zum Islam *(der jüngsten oder sogar modernsten der drei monotheistischen Religionen?) möglicherweise* verbessern. Der im menschlichen Geist aufscheinende Gott, Jahwe, Allah, er hat, so meint man wirklich manchmal, viel Geduld. Und eines schimmert dabei durch, dass der Begriff des „Messias" vielleicht die Metapher für eine zukünftige geläuterte Menschheit bedeuten könnte. Das würde vieles erklären. Und wenn es gleichzeitig so wäre, wie wir Menschen es zuweilen glauben, dass die unvorstellbare Kraft, die das Weltall (und uns natürlich) erhält, dauernd neue Welten erschafft und lenkt, diese Kraft, die wir ehrfürchtig Gott, Jahwe oder Allah nennen, sich auch im Menschen wieder findet oder schon gefunden hat. Wie schön wäre es und tröstlich jetzt schon *(und vielleicht sogar ewig?),* also einfach fabelhaft, wenn es so wäre. Erhalten wir uns doch diesen Traum aus dem ganzen religiösen Glaubensgewusel weltweit, vielleicht ist er ja der Wirklichkeit näher als wir denken.

Soviel also zur Eucharistie, zur Liturgie und Religion allgemein, deren besondere römisch-katholische Schönheit und Eigentümlichkeit ich in meiner Jugendzeit interessiert aufnahm und die mich, wie man merkt, immer noch beschäftigt. Es ist ja, nüchtern betrachtet so, dass eine mögliche eigene innere Bindung am Angebot der Religionen sich als vorteilhaft für das seelische Befinden äußern kann *(hallo, religiöse Menschen sollen länger und glücklicher leben!).* Was bedeuten uns denn

Weihnachten, Ostern, Pfingsten oder ein Sonntag, wenn Langweile und nichts Anderes, selbst an einem sonnigen Morgen aufkommen mag, man vielleicht etwas länger schlafen kann und eigentlich nichts Besseres vorhat, als an einem Halbmarathonlauf oder einer Radtour teilzunehmen oder seinen Hund auszuführen? Nehmen wir also Religion als ein Geschenk - aus der Zeit heraus gewachsen - an und genießen wir die erfreulichen freien Tage, den Jahreskalender (den Festkalender zu Weihnachten, Ostern und Pfingsten natürlich besonders!) und danken wir denen (ja, ich weiß, es gibt auch eine andere Sicht!), die uns damit seit Jahrhunderten durch ein empfundenes schönes Leben führen, genauer: durch einen Lebenstraum. Es gibt Schlimmeres auf dieser Erde und nicht Jeder hat das Glück, in einer geordneten Welt, wie der unseren, in Maßen zumindest, zu leben. Und diese wohlgeordnete, sehr wissenschaftlich und ökonomisch ausgerichtete moderne Welt haben wir ebenfalls unserer christlichen Religion zu verdanken, wenn ich (und Max Weber!) nicht irren. Daher kommt vielleicht der ungeduldige Angriff eines mitunter aggressiven Islam gegen die westlich gefügte Welt, weil der christliche Westen, auch mit Hilfe eines europäischen Islam einst im Mittelalter in Spanien sich weiterentwickelt hat, so weit, wie es eben heute sichtbar ist in Kultur, Technik, Industrie und Politik und Wohlergehen im Westen. Da wäre ich als Muslim auch beunruhigt.

Und weil es jetzt gerade passt: Professor Gerd Lüdemann von der Theologischen Fakultät der Universität Göttingen hat im Jahr 2009 in seinem Buch "Die ersten drei Jahre Christentum" auch einiges zur historischen Sicherheit des AT und NT geschrieben, indem er aufzeigt, dass *redaktionell* (also aus menschlicher geistiger Arbeit!) beide Bücher entstanden sind und dass z.b. die Apostelgeschichte von Lukas "als freie Erfindung des Autors" anzusehen ist (Anlage 7). Da sehen wir es wieder einmal, immer diese Autoren!

Andererseits, weil ich gerade bei den Autoren bin: Georges Bernanos lässt in seinem interessanten Roman *"Tagebuch eines Landpfarrers"* einen seiner Protagonisten sagen, dass die Kirche ab dem frühen Mittelalter bis weit in die Neuzeit hinein eine richtig zupackende Religion war, die schließlich ein großes Reich in Europa zuwege bringen musste, durch harte Arbeit erst errichten musste, ein Reich, das schließlich größer war als das römische Reich jemals gewesen. Wer aber liest aber heute noch Romane von Georges Bernanos?

Härte, eine fast römisch zu nennende Struktur in der Durchführung, Überwachung, Verteidigungsbereitschaft, alles, was auch heute einen gut geführten Staat auszeichnet, ist also in der Kirche zu finden. Struktur bis hin zu einer Liturgie oder zur Kontrolle durch Beichte und Überwachung. Wir aber wissen auch, dass dabei zuweilen genügend übertrieben wurde bis hin zu Religionsverfolgungen, Hexenprozessen und einem über dreißig Jahre dauernden schrecklichen Vernichtungskrieg in Europa. So haben wir heute alles vor Augen: das Gute und das weniger Gute einer altehrwürdigen christlichen Religion, die ganz Europa, auch durch die östliche Orthodoxie, in ihren Werten geformt hat.

Die lateinische Sprache hat dabei im Westen durch eine über Jahrhunderte sich erstreckende schriftliche Arbeit der Mönche ihre Bedeutung nicht nur erhalten, sich grammatikalisch dauernd weitergebildet, sondern uns auch den gesamten Corpus des römischen Rechts herübergerettet. Wir konnten sozusagen durch den Verdienst unserer christlichen Religion durch diese alte Sprache nicht nur eine gepflegte katholische Liturgie erleben, sondern erhalten durch sie auch einen Begriff vom Gebilde eines Staates (aus griechischer und römischer Sicht!) vermittelt. So dürfen wir also letztendlich seit langer Zeit im gesamten Westen recht gut leben. Ich meine, auch das sollte man einmal bedenken, wenn man religionskritisch sein will, immer alles abwägt und genau hinschaut.

Auf jeden Fall war damals in den 50-er Jahren in Speyer unser jährliches Mitwirken im großen Chor in der Knaben- Schola während der Priesterweihen im hohen Dom Pflicht und ich hatte genügend Zeit, die einzelnen Kandidaten im Verlauf der mir damals eher langweiligen Prozedur genau zu beobachten, weil wir direkt danebenstanden. Während wir die Allerheiligenlitanei sangen, lagen die Diakone in ihren weißen gestärkten Tuniken wie hingeknallt der Länge nach auf dem Boden und manche von ihnen schwitzten. Sie taten mir leid, obwohl ich wusste, dass sie die Prozedur freiwillig auf sich genommen hatten. Trotzdem taten sie mir leid, denn irgendetwas in ihnen schrie wie um Hilfe, doch man konnte es nicht direkt hören, nur ahnen und fast schon sehen.

Und nachher wurde bei uns im Konvikt der Primiz-Segen gespendet von jetzt wieder mehr in sich ruhenden jungen Männern, meist aber weiß im Gesicht und wie die Engel aussehend, wie die heiligen Wesen, deren Anwesenheit auch die Frau im niedersächsischen Mehrum damals gespürt haben musste, als sie mich bat, mich nach meiner ersten heiligen Kommunion anrühren zu dürfen, denn ich wäre jetzt ganz bei Gott und reiner noch als ein Engel und ohne Schuld. Mir wurde damals, wie schon gesagt, richtig schwindelig.

So schloss sich jetzt der religiös empfundene Kreis meiner Kindheit und Jugend in einer schönen, auch bedeutsamen Kurve, aber mehr wie nach außen hin abgleitend, und ich bekam diese gerade noch rechtzeitig hin.

In Wirklichkeit aber kann man heute nicht sehr verwundert sein über einen so genannten *„festen Glauben"* mancher Katholiken, über einen Glauben, der sich oft nahe an einem wundersamen Aberglauben befinden mag und der trotzdem verwunderlicher Weise bei vielen Menschen vorhanden ist. Denn, so sind wir erdhaften Menschen eben, besonders nach einer gelungenen Beeinflussung über hunderte von Jahren hinweg. Es gefällt uns offenbar auch noch und es ist daher wahrscheinlich *der* Geist, auf den die Kleriker bauten und bauen, um zu manipulieren, wobei man sich wünschte, eher den *echten* Geist als glaubhaften Zustand zum Beispiel beim Austeilen des Abendmahls zu spüren, wenn der *Leib des Herrn* ausgerufen wird und man meint doch eher den *Geist des Herrn*, den wir aus dem NT so lieben, was in diesem Fall aber ganz sicher wunderbar wäre und weniger wundersam.

Es spricht der Hirte

Nun sehet es und seht es genauer, denn wer genau hinsieht, der wird schlauer
Und hört nicht auf den leisen Ton, den kennen wir, den kennen wir schon!

Jetzt gehet und springt und singt meinetwegen und holt euch die Hoffnung, holt euch den Segen,
Denn gestern und heute und sicher auch morgen begleiten uns Klagen, begleiten uns Sorgen.

Da weiß jemand Sicheres, weiß es genau, er sagt es zum Kind, zum Mann und zur Frau:
Kommt alle, die ihr zum Mahl geladen, ich hab was für euch, ich hab was zu sagen!

Ein redlicher Hirte im Pelz, roten Schuh`n, der seltsam zuweilen die Hände erhoben,
Schickt seinen Gruß hinaus mit dem Segen. Und unten stehen die Schafe im Regen.

Einmal aber, es fällt mir wieder ein, entdecke ich in der Bibliothek des Konvikts einen Stapel von alten Illustrierten, die in einer Nische verstaubt und versteckt herumlagen. „Feuerreiter", so hieß diese Zeitschrift, und es waren katholische Magazine aus der Zeit des „Dritten Reiches" mit Bildern, Fotografien aus vergangener Zeit und voller Berichte, die irgendwie eigenartig stolz waren auf das, was damals geschah. Und vieles davon war in diesen Zeitschriften optimistisch in der Art der Beschreibung, genau wie der Inhalt etlicher Bücher aus der Bibliothek in unserem Heim aus dieser ominösen Zeit. Es waren zum Beispiel Berichte und Bücher über mutige Flieger darunter und ich meine sogar ein Buch über *Werner Mölders* entdeckt zu haben, der in seiner Jugend im *„Bund Neudeutschland"* integriert war und jetzt tapfer seinen Mann stand im Krieg. Und dass alles irgendwie seine Ordnung hätte, war aus den Büchern zu lesen. Das gefiel mir.

Da dachte ich wieder an Euch, meine Lieben, da wart ihr neu erstanden aus der Vergangenheit und meine Mitgliedschaft in der „Marianischen Kongregation" hier in Speyer war mit einem Mal nicht mehr so wertvoll, wie ich es noch kurz zuvor dachte, denn im Konvikt war eigentlich nichts von Tapferkeit zu spüren, von Heldentum oder Zukunft, sondern eher von Beichte und Buße, von Kreuz und oft vom Leid.

Damals aber, so las ich es, da war die Kirche, auch die katholische Kirche in Speyer offiziell dem nationalen Heldentum zugetan und somit mitverantwortlich, wenn man so will, für Ehre, Tod, Leid und auch für euren Tod. Aber ihr, meine Lieben, ihr hattet es in der Hand, dem zu widerstehen.

Wie hätte man euch verehrt, wenn ihr unsere Heimat lediglich gegen Angriffe verteidigt hättet, statt Kriege anzufangen. Und überhaupt, wäre ein Krieg nicht nötig gewesen, es gab schon damals genug zu tun in Deutschland und überall dort, wo ihr ungestört hättet wirken und arbeiten können und halb Europa wäre euch schon damals gerne zu Hilfe gekommen. **Außerdem: Ihr wart doch versessen auf „Arbeit und Brot" und man gab euch beides. Langte es euch denn nicht? Ihr habt sie doch sicherlich verspürt, die Sinnsuche und Sehnsucht nach Sicherheit, nach Ruhe und Arbeit! Oder wolltet ihr mehr, vielleicht viel mehr, etwa ein ewiges „Heil" hier auf Erden, nach dem ihr geschrien habt, eine neue Religion? Denn man segnete euch wiederum und eure Waffen, obwohl das Christentum den Frieden liebt und Feindesliebe gefordert wird. Das Kreuz war als Balkenkreuz auf euren Panzern gemalt und auf dem Koppelschloss stand – genau wie im ersten Weltkrieg – „Mit Gott!". So überschnitten sich christliche Religion und Realität zu einem Ungetüm. Aus angeblicher Notwendigkeit, um das Vaterland zu retten, entstand etwas, das war wie eine nationale Religion. Uns Kindern, wie mir, gab man vor dem Schlaf den Rat, für unsere Lieben an der Front zu beten, auch für den Führer.**

(Das klingt ja, als hätte der Autor Schaum vor dem Mund, als wäre da noch nationalsozialistisches Gedankengut in ihm vorhanden, meinen jetzt vielleicht einige Leserinnen und Leser. Das stimmt und es ist richtig, dass wir nach dem zweiten Weltkrieg zuhause darüber diskutierten, ob der Nationalsozialismus nicht auch ohne Krieg ausgekommen wäre,

als ertragbare, vielleicht sogar gelungene Zukunftsperspektive ohne Antisemitismus etwa. Man konnte den Faden sogar immer wieder noch weiterspinnen, indem man fragte: Warum man spätestens nach dem zweiten Weltkrieg - nach all dem Erlebten- nicht sogar einen Neuanfang als neutrale Nation hätte wagen sollen, eine Neutralität mit großem Sparpotenzial für die Zukunft, als eine gute Möglichkeit, da nur ein auf Verteidigung ausgerichtetes Militär oder gar nur ein Grenzschutz notwendig gewesen wäre. "Grenzschutz", das war überhaupt ein Herzensanliegen unseres väterlichen Beraters Heinrich Hacker, „Grenzschutz" oder noch lieber „Miliz", so wie zum Beispiel seine hoch gelobte SA einst, mit Verpflichtung für jeden, der tauglich wäre. „Dann greift uns keiner mehr an, bei 6 bis 10 Millionen Soldaten, die man auf Abruf einberufen kann"", meinte er zufrieden blickend. Es wäre nach dem zweiten Weltkrieg eventuell auch eine Wiedervereinigung viel eher möglich gewesen, die sogar schon einmal Anfang der 50-er Jahre von Sowjetrussland, angeboten wurde, meinte er außerdem, wenn ich nicht irre. Es wurde auch darüber gesprochen, dass wir eigentlich noch nicht richtig **souverän** wären! Unser Gentleman, Elias Heinrich Hacker, ehemals kaiserlicher Artillerist und später SA-Mann im Warthegau, wies wiederum, wie so oft, direkt darauf hin. Und einmal mehr meinte er, dass das Bild von Adolf Hitler in einigen Jahrzehnten sowieso aus anderer Perspektive gesehen würde. Freilich ein erschreckendes Bild, und wenn man sich die Welt von heute ansieht, bekommt man wieder richtig Angst.

Und auch der „Arbeitsdienst" wurde erwähnt, doch diesmal nicht von unterem Gentleman, sondern vom Nachbar, einem Steinmetz in Ebertsheim, dem ich manchmal zur Hand ging und half bei seinen Arbeiten im Friedhof oder an Denkmälern. Der „Arbeitsdienst" mit seinen Möglichkeiten für Jeden, meinte er, das wäre etwas gewesen. Arbeitspflicht und Recht auf Arbeit bis, sagen wir, zum 65. Lebensjahr. Eine Organisation, in alle Berufsbereiche aufgegliedert unter möglicher Einbeziehung der Handwerkskammern und der Gewerkschaft, also eine staatliche geregelte Sache mit sicher viel Geld einmal, mit guter Rente später und einer Alterspflege, die ihrer Bezeichnung entsprochen hätte, nämlich entsprechend pfleglich. So wäre der soziale Aufbau in Deutschland auch möglich gewesen, meinte der Steinmetz damals, alles etwas langsamer zwar, weil eher vom Staat überwacht, aber auf Dauer die bessere Lösung. Das meine ich allerdings heute auch.

Somit ist vielleicht in Europa - und natürlich auch in Deutschland - bereits nach dem ersten Weltkrieg und abermals nach dem zweiten Krieg eine verzwickte Situation entstanden, unter Umständen sogar als Ursache für die Verwerfungen einer kommenden Zeit - unserer Zeit - weil man eher alles einem wirtschaftlichen, sogar militärischen Risiko unterstellte, der kapitalistischen Ökonomie, einer schließlich unmäßigen Gier, wie man heute weiß und nicht einem gewollten (guten!) Sozialismus, obwohl diese ehrbare Bezeichnung in manchem staatlichen Gebilde, wie dem National-Sozialismus, enthalten war. Den Garaus von einem ehrenvollen Sozialismus hat bestimmt auch die DDR zu verantworten, das muss man sagen.

Das Ansehen Europas wurde natürlich schon im ersten Weltkrieg und direkt danach arg beschädigt, etwas später dann wirklich zur Gänze. Darüber zu philosophieren und zu reden war damals in den fünfziger Jahren allgemein nicht unüblich, man tat es aber nicht laut, sondern mehr leise, manchmal aber auch mit innerer Ohnmacht, mit Wut oder uneingestandener Scham. Eines war dabei jedoch klar, unser Gentleman Heinrich Hacker hatte immer Recht. Er stand, wie man auch redete, immer aufrecht da und einmal meinte er sogar: „Einen Judenstaat hätten wir damals lieber unterstützen sollen, weil wir den Mufti von Jerusalem im Griff gehabt hatten". Das war nun nochmal eine ganz neue Variante aller Überlegungen unseres Ersatzvaters. „Das Ding hätten wir lieber mit den Juden als gegen sie machen sollen", meinte er. Als ob man die nationalsozialistische Sache mal so und mal so, etwa wie ein Rezept hätte verändern können. Ja, super! Somit wird wiederum deutlich, wie hin und her gerissen ich wurde zwischen der Anschauung, die im Konvikt vorherrschte und dem herumirrenden Geist in unserer kleinen Familie, in der unser ungemein gebildeter Ersatzvater das Sagen hatte und gänzlich ungebeugt dem Leben gegenüberstand).

Es wäre noch Weiteres zu berichten aus meiner Zeit zuhause und im katholischen Konvikt zu Speyer, wie es zuging in diesem geschützten Parallelleben in den fünfziger Jahren des 20. Jahrhunderts. Als in einem heißen Sommer im Konvikt die Duschen geöffnet werden mussten, damit wir jede zweite Stunde uns kalt abbrausen konnten, und wir schwitzten doch wieder nach kurzer Zeit. Oder dieser kalte Winter, als das Haus umgebaut wurde und die Fenster nicht in Ordnung waren und die Betten so verschoben wurden, dass man nicht gänzlich fror. Oder die Filmvorführungen durch die MIWA an manchen Sonnabenden, wo wir, frisch gebadet in Reih und Glied den herrlichen Gags von Dick & Doof lauschten und am nächsten Tag eine Stunde länger schlafen durften. So wollten sie uns in die Welt entlassen, frisch gebadet und durch Beichte gesäubert und die Welt wartete auf uns, na klar. Erst aber wäre es nach Eichstätt gegangen, nach München oder nach Bamberg, an eine theologische Hochschule, Nach Eichstätt aber gewiss nicht, denn dort mussten die Alumnen noch in Gruppen zusammen spazieren gehen, hieß es. "Sie halten sich an den Händen", witzelten wir.

Es spricht der Narr

Draußen steht ein Narr, wolle mer ne roilasse?
Eroi middem!

„ *Wer den Narren gerne hört, wen die Narretei nicht stört,*
Wer nicht eisern ist und barsch wie ein alter Lederarsch,
Wessen Herz am rechten Fleck, weit nicht von der Wahrheit weg,
Den werden die Füße tragen und der wird das Rechte wagen,
Trotzdem nicht die Zeit anhalten: Alles bleibt beim Alten!"

(Dieses hier auftauchende Poem leuchtet protzig und humorvoll in die Welt, belächelt auf seine Weise die unsichere Situation einer sich zögernd offenbarenden Zeit, etwas schüchtern, fast unschuldig, mehr allgemein und müsste eigentlich anderswo stehen. Ich lasse es hier aber gerne gelten, denn eine ernst zu nehmende Warnung mag es immerhin auch sein).

Was gleich zu Anfang im katholischen Heim besonders auffällig war, geschah eigentlich während des Mittags- und Abendessens. Da wurde nämlich in der ersten viertel Stunde jeweils von einer etwas erhobenen Stelle herab aus einem Buch laut vorgelesen, oft aus wirklich guter Literatur, manchmal auch aus den Heiligenlegenden während wir schweigen aßen. Und da war es uns Zuhörern eines Tages derart heimelig, fast augenzwinkernd leutselig lustig, als von Simeon, dem Säulensteher berichtet wurde *(Simeon Stylites),* der in den Jahren um 422 herum in der Nähe von Aleppo auf einer 17 Meter hohen Säule sein Leben verbracht haben soll, meist stehend und unter regelmäßigen Kniebeugen. Das waren dann wirkliche Augenblicke der inneren Einkehr bei uns unter Einbeziehung von nickendem Verständnis untereinander. Ähnliche denkbare Erlebnisse konnten damals vielleicht nur noch aus Bildbesprechungen gewonnen werden, wenn zum Beispiel der Holzstich von Dürers *„Hieronymus im Gehäus"* oder die Gemälde *„Die Versuchung des heiligen Antonius"* von Hieronymus Bosch oder Mathias Grünewald bearbeitet werden mussten.

Aber bei diesen Arbeiten durften wir unsere Phantasie nicht gänzlich überborden lassen, denn sie wurden schließlich benotet. Beide Heilige waren schließlich wichtige Personen des sich etablierenden Christentums, der eine sogar ein „Kirchenvater". Die Kirchenväter, also im Westen *Hieronymus, Ambrosius, Augustinus und Gregor der Große* hatten, das wissen wir, selbst etliche heilige Texte verfasst, sogar wahrscheinlich sehr wichtige, neben dem Neuen Testament, nur Jahrhunderte später natürlich. Die Kirchenväter (und sicherlich andere gelehrte heilige Männer, aber weniger Frauen!) sind überhaupt verantwortlich, denke ich, für die Entwicklung des christlichen Glaubens im damaligen römischen Reich. Und so ist es gekommen, dass nicht die *Mithras-Religion* oder die *jüdische* gewählt wurden, um dem römischen Reich in schwieriger Zeit Halt zu geben, sondern die *christliche* wurde zur Zeit Kaiser Konstantins auserwählt, in Auftrag gegeben und etwas später von Kaiser Theodosius bestätigt. Und wenn wir die Kirchenväter oder überhaupt die Heiligen anhand einer schönen und ausführlichen Legendensammlung einmal recht betrachten würden, was möglich wäre, aber nicht hier und jetzt, könnten wir das alles sicherlich nachlesen und würden uns wahrscheinlich köstlich wundern. Aber vielleicht wundern wir uns *dann* gerade nicht mehr.

Bei dieser Gelegenheit kommt mir in den Sinn, dass es mit der Bezeichnung "Väter" oder "Heilige Väter" bzw. "Heiliger Vater" seine eigene Bewandtnis haben muss, sonst wäre diese Auszeichnung, dieser Titel nicht so wertvoll, so anbetungswürdig. Dabei denke ich gerade im Moment an eine ganz andere, spätere Begegnung in Paris (Trocadero), als mich ein sehr bunter Händler aus Afrika mit goldener Krone auf dem Haupt schon von weitem folgendermaßen anrief:

"Vata, komm näher, heute alles billich, heute alles die Hälfte!"

Ich meine, es ist eine andere Situation und ich war damals wirklich schon Vater, aber angenommen, den heiligen Antonius hätte bei seiner nicht zu unterschätzenden Pein in der Wüste damals ebenfalls eine bunte, vielleicht weibliche oder wie auch immer frivol herantanzende aufreizende Gestalt so oder ähnlich angegangen: nicht auszudenken!

Soviel über heilige Väter im Allgemeinen und deren Bindung zur Religion oder Transzendenz insbesondere. Denn heilige Männer haben der inneren Einkehr oftmals erst dann gehuldigt, nachdem sie dem realen und "süßen Leben" ausgiebig zugetan waren (z.B. Augustinus). Transzendenz oder Religion aber werden im Moment wieder weltweit recht stark bemüht, nicht nur im Islam. Und obwohl sogar Immanuel Kant gemeint haben soll, dass eine Beschäftigung mit transzendentaler Philosophie für ihn im Moment nicht in Frage käme, weil sie als bloße Meinung zu klein sei, sie als Wissenschaft anzusehen aber doch etwas zu hoch gegriffen sei, wird zurzeit auch im Westen wieder dafür geworben und nachgedacht. Soviel über die Religion jetzt aber endgültig!

Einer von unseren Kameraden im Konvikt wurde mitten in seiner Pubertät an Pusteln im Gesicht derart krank, dass er in die Universitätsklinik nach Heidelberg verlegt werden musste. Ihn besuchten einige von uns und auch ich mehrmals mit dem Fahrrad. Wir fuhren über die neu gebaute Brücke in Speyer in Richtung Schwetzingen und vorbei an Hockenheim nach Heidelberg, wo wir unseren Freund, blau bemalt im ganzen Gesicht, antrafen. *(Warum ich das hier gerade aufschreibe, weiß ich wirklich nicht!)*

Übrigens wurde viel Wert auf eine politische Erziehung gelegt. Es lagen im Lesesaal einige Zeitungen aus, also immer die Berichte aus dem politischen Leben in Bonn, hier vor allem die Bundestagsreden, da wurde schon großer Wert draufgelegt, dass man informiert war *(„Klatschen auf Seiten der Opposition!")*. Und die CDU war natürlich „in", die galt etwas.

Es war halt die Adenauer-Zeit. Alles bezog sich auf den ersten Kanzler der neuen Bundesrepublik, der mit allen Wassern gewaschen war, wie es schien und in seinen Reden oft Bezug nahm auf die jüngste Vergangenheit. Adenauer und seine Politik im Konvikt und die Ansichten unseres Gentlemans zuhause, dazwischen befand ich mich damals. Adenauer war das politische Vorbild, er leitete alles und ein allererstes Leuchten strahlte aus Ludwigshafen zu uns Jugendlichen herüber. Es hieß, ein Helmut Kohl sei dort aktiv, sehr aktiv und er wurde, soweit ich mich erinnere, mit der Landwirtschaft in „Limburgerhof" in Zusammenhang gebracht, wie wenn er

Landwirtschaft studieren wollte. Das wäre doch eine echte Überraschung, Landwirt und nicht Politiker?

Damals war unsere Konvikts-Kirche St. Ludwig zugleich die Garnisonskirche der französischen Militär-Gesellschaft in Speyer und am Gedächtnistag der Niederlage in Indochina, dem späteren Vietnam, als das französische Militär in DIEN-BIEN-PHU kapitulieren musste, wurde ein Trauergottesdienst abgehalten, wobei der kommandierende General auf einem mit Purpurstoff überzogenem Sessel neben dem Altar saß wie ein römischer Triumphator, gar nicht niedergeschlagen. Ich beobachtete die Szene aus einem Fenster von oben aus unserer kleinen Kapelle und war sehr betroffen von der verinnerlichten Trauer.

In den Ferien feierten - so die Erinnerungen an meine Jugendzeit - manchmal ganz eigentümliche Begebenheiten, Zufälle auch, „fröhliche Urständ", wenn ich das in diesem Fall einmal so ausdrücken darf. Zum Beispiel denke ich da an unseren Nachbarn in Ebertsheim, einen begnadeten Steinmetz und Hersteller von Grabsteinen. Ihn begleitete ich mitunter bei seiner Arbeit auf den Friedhöfen der Umgebung und einmal, es fällt mir gerade wieder ein, putzte ich mit der Drahtbürste unter Zuhilfenahme von Schwefelsäure (oder Salzsäure) ein überlebensgroßes Soldatendenkmal aus Sandstein in einem Dorf in der Nähe von Monsheim.

Der in Stein gehauene Soldat erinnerte mich an meinen Helden und sehr bald, Ihr Lieben, laufen dann, wie an diesem Bildnis, die inneren Wege zusammen, weil man seine Tränen einfach nicht zurückhalten kann und Säure und Zähren rinnen im Wettstreit miteinander am eigenen und steinernen Gesicht hinab.

Oder ein anderes Beispiel. Der gebieterische Donnersberg leuchtet auf im Sommer, winkt aus der Ferne verführerisch herüber und mit einem Freund fahre ich eines Tages zu ihm hinauf in sein lockendes geheimnisvolles Reich. Mit dem Rad sind wir unterwegs. In der Frühe schon machen wir uns auf den Weg. Zu Mittag endlich sind wir dort. Die Großmutter meines Kameraden bewirtet uns köstlich. Wir fahren gestärkt und guten Mutes zurück, erst auf dem Gipfel des breiten Berges langsam dahingleitend und dann den abschüssigen Weg genießerisch hinunter in unser kleines Dorf am Eisbach. -

Kein Grund zur Klage also und lieber zugewandt dem Leben als sich abschotten im Heim und später als Kleriker unter Menschen heimlich jammern, so denke ich heute und dachte ich vielleicht schon damals. Deshalb berichte ich davon und kann mich oft der kargen oder auch der hin und wieder aufblitzenden glückseligen Welt der Erinnerung nicht immer entziehen. Man sagt ja, es wäre wichtig, sich dem Erinnern zu stellen, aber genauso wichtig für ein Wohlbefinden ist wohl auch ein mögliches Verdrängen der ganz schweren Ereignisse - für einige Zeit wenigstens -, denn es ist eine lauernde innere Last da, die drückt. Also wird sie barmherzig in die Ecke des

Vergessens gedrückt und kommt oftmals erst spät im Leben wieder stark hervor, sodass man sich der Erinnerung stellt. Man sieht das einem oftmals nicht an, aber vielleicht irgendwie doch und die ersten Stents wegen Herzschmerz zeigen es einem deutlich.

Die Erinnerung an die Jahre speziell im Konvikt sind aber genau betrachtet in der Hauptsache von dem erfüllt, was man ohne weiteres eine leicht bewegte, meist ruhige und trotzdem interessante Spiel-Zeit oder Lern-Zeit nennen kann. Die Abwechslung von intensivem Lernen, Musizieren, Beten, Sporttreiben und von gemeinsamem Leben in einer Ansammlung von Jungen verschiedenen Alters bewirkte eine Art Verständnis von einem schönen Miteinander in besonderem Maße. Und wenn ich es recht bedenke, fanden wir uns in einer sehr sicheren Parallelgesellschaft ein mit Ambitionen zu einer doch etwas abgehobenen Situation gegenüber der realen Welt. Sicher, Mauern waren da, ein Kirchlein, jeden Tag dieselben Gesichter, dasselbe Theater mit frühem Aufstehen, *Silentium*, Lernen, Schule, gesittetem Esseneinnehmen, Singen, Beten, Kameradschaft üben, Blödeln und so fort. Trotzdem ging ein Jeder von uns seinen eigenen Weg (nehme ich mal an), schon damals und wohl auch später. Und heute, wenn ich *google,* um die Kameraden von damals zu finden, sehe ich, wie sie als Ruheständler zuweilen ganz gut leben, hoffentlich auch zufrieden mit dem, was sie als Beamtete der Kirche erreichen konnten in einer möglichen Begrenztheit, der ich nie gewachsen gewesen wäre, ganz bestimmt nicht. Viele sind auch nicht mehr unter uns.

Die Freude am Heil der Menschen, am langwährenden Heil womöglich, das allerdings dauernd beschworen werden muss und gelebt vor allen Dingen, das war unser Ziel, wenn wir uns (selten genug) darüber unterhielten. Zwar war alles in den Vorstellungen noch unklar, aber irgendwie war das Vorbild oftmals der den Menschen zu Hilfe eilende mitarbeitende Priester in einer Großstadt (wie z. B. in Ludwigshafen), also als Arbeiterpriester einmal zu wirken. Dass ein Priesterleben oftmals gerade auf dem Lande, in Dörfern und kleinen Städten stattfindet, war uns anscheinend nicht so klar, obwohl wir fast alle vom Lande kamen. Eine komische Situation eigentlich, genauso, wie die Tatsache, dass überhaupt vieles anders sich entwickelte und immer noch - auch heute gerade wieder - alles in Umbruch ist und es kommt gewiss einmal die Zeit, da auch das, was im Religiösen dogmatisch behauptet wurde, auf den Prüfstand gestellt werden wird. Eher nicht? Wichtiges im Leben ist oft nur streitbar zu erringen.

Und so bin ich nach sieben erlebnisreichen Jahren in einem katholischen Heim wieder in die reale Welt entlassen worden, mit einem Rucksack voll Erfahrung bereits aus meinem früheren Leben als Kind in meiner alten Heimat und aus den hier gemachten im bischöflichen Konvikt. Der Abschied ging in Ruhe vonstatten. *Alois Dewaldt* versuchte noch, mich zu halten, indem er meinte:

"Nächstes Jahr zur Fastnacht spielen wir Shakespeares Julius Cäsar, du bekommst die Hauptrolle, spielst den Brutus! Du willst nicht unbedingt Priester werden, das habe ich schon bemerkt. Wir brauchen auch sonst tüchtige Männer im Leben. Wenn du Schauspieler werden möchtest, wir haben gute Beziehungen zum Nationaltheater Mannheim, musst es nur sagen, auch in Bamberg könnten wir dir helfen, soll ich das in die Wege leiten?"

Nein und abermals nein, dachte ich, endlich einmal etwas selbst bestimmen, endlich! *Dieter Cronauer* begleitete mich auf dem Weg zum Bahnhof in Speyer, der Abschied war kurz und herzlich.

Ich habe dem Bischöflichen Konvikt zu Speyer Einiges zu verdanken. Etwas Disziplin vielleicht, eine sehr gute schulische Bildung, Freude am Singen, an der Musik, am Theater und ein gewisses transzendentes Denkvermögen, obwohl, das Letztere war eigentlich schon bei mir vorhanden. Geblieben ist in meinem Leben bisher ein immer wieder spürbarer, ein wirksamer Glaube, zum Beispiel an eine mögliche Rettung aus irgendeiner Not. Gut, bei dieser Vorgeschichte mit der Flucht! Aber auch sonst war die Gewissheit, Hilfe von irgendwoher zu bekommen, immer vorhanden, meistens gespeist von der Ahnung, mehr von der Gewissheit, dass man nur etwas Mut braucht, einen Mut, der vielen Menschen vielleicht leichtsinnig zu sein scheint, der aber da sein muss, um Erfolg zu haben, sonst geht es nicht in unserer Welt. So kann man in der Welt gut leben, wenn Vertrauen vorhanden ist und man selbst vertrauenswürdig bleiben will.

Nach Bamberg ging es nun zur Mutter und zum Bruder, und zwar ins pure Leben. Ein Studium in Weihenstephan, an der Technischen Hochschule- München/Weihenstephan wurde angestrebt. Kein Schauspielunterricht, kein Interesse mehr am Lehrerberuf oder an der Berufung zum Priester, sondern ein Praktikum als Brauer und Mälzer lag an (natürlich *die* nahe liegende Berufswahl bei *der* Vorbildung!), mit einer harten, aber schönen Zeit. Als Jahrgangsbester bei der Freisprechung und fränkischer Sieger im Handwerkswettbewerb, sogar als bayerischer Landessieger in der Altersklasse *("viel Erfolg, weiterhin!")*. Es folgten Schlag auf Schlag: Heirat, das Studium mit Abschluss zum Diplombraumeister. Sogar ein schönes und aufschlussreiches Zwischenspiel als Corpsstudent war in Freising einzurichten (mit einem Blick in die Besonderheit der deutschen Seele!), bevor ich in der bekannten EKU- Kulmbach als Betriebskontrolleur meine Arbeit in der Brauindustrie begann. Auch mein Bruder Dieter machte eine Brauer-Lehre, ging nach Berlin und schloss dort an der VLB-Berlin sein Studium als Diplombraumeister ab, um bald darauf beim deutschen Zoll anzuheuern.

Nach ungefähr 15 Jahren als Brauer, Braumeister und schließlich technischer Leiter mit einer Reihe von fachlichen Veröffentlichungen in der *"Brauwelt"* über die biologische Betriebskontrolle der 60-er und 70-er Jahre des vergangenen Jahrhunderts (z.B. über eine Modifizierung des japanischen *"Nakagawa-Mediums"* für Bierschädlinge) wechselte ich 1978 in die Pharmazie und war sodann über 20 Jahre lang hauptsächlich im Klinik-Außendienst tätig.

Aber die Flucht aus der frühen Kindheit hat mich geprägt. Schon in meinen Jahren als Braumeister verfasste ich nebenbei für mich Texte, die viel Beruhigendes zur Verarbeitung von einem gelegentlichen Unwirschsein beitrugen. In einer Zeit, als es in der Braubranche hart zuging (von den neun Brauereien, in denen ich insgesamt arbeitete, existieren nur noch zwei), war das Eintauchen in die (eigene) literarische Sphäre einfach beruhigend und lebensnotwendig für mich. Schon während meiner Praktikantenzeit wurde die "Bamberger-Hofbräu" mit ihrer großen Mälzerei einfach hartherzig wegrationalisiert, meine letzte Brauerei, die "Hümmerbräu-Dingolshausen" machte leider ebenfalls nach meinem Weggang dicht. Die schöne "Leiner-Bräu" im Frankenwald und "Auerhahn-Bräu" in Schlitz sind reale Vergangenheit.

Später, im wissenschaftlichen Außendienst der Pharmazie veröffentlichte ich nach und nach die Lyrik-Bücher: „Kinder des Kronos", „Helles Land" und das schmale Bändchen „Der Wassermann" sowie als Co-Autor mit Professor Dr. med. Gunther Hartwich etliche Foto-Landschaftsbücher, wobei ich jeweils die Texte schrieb. Aber auch dieses war, wenn man es recht betrachtet, immer wieder Flucht aus dem alltäglichen, aber wichtigen Trott.

Meine Ärzte, die ich besuchte, überraschte ich mit selbst erstellten kleinen Lyrik-Blättchen, eines davon hieß zum Beispiel „Aus meinem Sudhaus". So verband ich Fachliches mit Privatem oft zu einem guten Gelingen und bin meinen Ärzten nicht nur als Übermittler von gezielt vorgetragenen Informationen für ein etwas Mehr an Medikamentenabnahme erschienen, sondern als Mensch mit diversen Hoffnungen und Macken und mit dem, was ich wahrscheinlich im bischöflichen Konvikt zu Speyer mitbekommen habe, mit einem Schuss an schauspielerischem Vermögen. So habe ich gut gewirtschaftet, ja manchmal direkt wie besessen.

Soweit die kurze Abschweifung in meine Arbeitszeit *nach* der abenteuerlichen Kindheit und behüteter Jugend im katholischen Heim. Die Realität war jetzt wiederum zu einem echten Spiegelbild deutscher Wirklichkeit und Art geworden, genau wie in meiner Kindheit und in meiner Jugend bot sie mir etwa das, was ich erwartet hatte und was eigentlich in einem Extra-Bericht, in einem Buch geschildert werden müsste: nämlich eine *„knallharte und brutale Wirklichkeit"*, wie es eine Schulkameradin in der Oberstufe des Gymnasiums in Speyer in einem Gespräch über unsere zukünftigen Berufsvorstellungen einmal ausdrückte und dabei von einer Arbeit in der Industrie abraten wollte. „Gut gebrüllt Löwin!", ist heute darauf meine Antwort nach über 50 Jahren Erfahrung danach. Denn: es war wie eine Wiederholung des Schicksals aus der Kindheit, wenn man so will; dauernd war man auf der Flucht, von Brauerei zu Brauerei, und der Außendienst war das eigentliche Feld meiner Begabung oder inneren Verfassung; hier fühlte ich mich fast wie zuhause: natürlich wieder unterwegs von Klinik zu Klinik, von Arzt zu Arzt, von Veranstaltung zu Veranstaltung. Schöne Überraschungen, verbunden mit erfüllbaren Wünschen, hielten sich die Waage mit Schicksalsschlägen, die jedem Menschen widerfahren können in unserer bunten und verwirrten Welt. Und meine Frau und meine Kinder haben alles mitgetragen, die Familie blieb schön zusammen, auch weil meine Frau vielfach und intelligent die gesamte Logistik übernahm. Was bleibt und überwiegt, ist eine zu spürende Dankbarkeit an die innere Kraft, die aufforderte zu handeln und Wagnisse einzugehen, auch auf Abenteuer sich einzulassen, die sich aber meistens lohnten.

Heute lebe ich ruhig und zufrieden mit meiner Frau in Gerolzhofen, einem historischen und reizenden Städtchen im schönen Frankenland.

Drei Söhne mit Familie, einer ganz in der Nähe, vier Enkel, zurzeit noch studierend, ergänzen unsere tiefe Zufriedenheit.

So wurde die kleine, zerstörte Familie aus der Kriegszeit zur Keimzelle von vier neuen Versuchen allein aus meiner Linie, Familienleben zu ermöglichen und zu praktizieren. Auch mein Bruder Dieter lebt mit seiner Frau und zwei Töchtern zufrieden in Bamberg. Am 21.3.2000 haben wir dort gemeinsam unsere Mutter zu Grabe getragen.

Fünfzehntes Bild

(Warum es aufgeschrieben wurde)

Was berichtet wurde, entspringt und entspricht meiner Erinnerung. Doch einiges, wie die Begegnungen mit dem Zeitgeist, wurde aus dramatischen Gründen eingefügt, um das Ganze in ein Licht zu führen, wie es aus dem Unterbewusstsein heraufkommend erscheinen zu lassen. Denn ein Drama war es wahrhaftig, was sich vor meinen und aller Augen in der Kindheit abspielte. Und als es aufgeschrieben wurde, das heißt, als ich mich dazu aufraffte, es endlich einmal zu tun, was ich mir selbst oftmals versprochen hatte, da spürte ich es. Da ging es plötzlich wie von alleine, zumindest in den ersten Kapiteln. In einzelne Gesänge wurde der Bericht zunächst gefasst und im PC unter dem Arbeitstitel "Deutscher Gesang" geführt. Denn gesungen haben die Menschen damals, wie heute. Einige Gesänge entstammen so recht dem Wahn, wir mir scheint, sind wie dem Normalen entrückt und schmettern Bedrückendes in die Luft wie dreckigen Staub. In Reisebussen kann man sie mitunter heute noch vernehmen. Die Fassung meines Berichtes wurde dann aber in einzelne Bilder gefasst, es sind ja immer wieder die Bilder, die kommen und uns Tag und Nacht berühren (wenn wir nur wollen). Eines aber ist wichtig: es wurde jetzt, nach vielen Jahren aus einer zeitlichen Distanz geschrieben, das darf man nicht vergessen. Heute, nach einem gehörigen Abstand von allem, mag einiges wirklich etwas anders gewesen sein als berichtet.

Die Stirnlocke flog hin und her,
So stürmisch sein Gedankenmeer
Und in den Segeln sang der Wind,
Das schmale Boot, es lief geschwind,
Bis es die schöne Insel fand,
Den hellen Strand und reichlich Land.

Der endgültige Verlust ehemals deutscher Länder – Hinterpommern, Westpreußen, Ostpreußen und Schlesien (entspricht ungefähr einem Viertel des ehemaligen deutschen Reiches) - namentlich also preußischem Gebiet, ist vielleicht einer militärischen Aggressivität aus gerade preußischer Vergangenheit, auf die wir oftmals stolz waren, zu verdanken. Vielleicht, sage ich im Moment, denn ich bin mir da nicht ganz sicher. Das wäre nämlich, wenn es stimmte, ein vorerst trauriges Ergebnis der von uns oftmals als erfolgreich gesehenen deutschen Geschichte, wenn man vom „Dritten Reich" einmal absieht, das eine diktatorische Sonderform war. Das nationalbewusste Deutschland im zweiten Kaiserreich (natürlich auch das „Dritte Reich") waren stolz auf gerade preußisches Erbe. Also ist am Ende das so hoch erhobene und geschätzte, das treue Preußen, das protestantische, aber auch kriegerische von den Alliierten ins Visier genommen worden, das edle Preußen, das sich einem umherstromernden Überläufer aus Österreich hätte in den Weg stellen müssen und nicht vordringlich das gesamte nationalsozialistische Deutschland? Eine interessante Frage.

In diesem Zusammenhang verweise ich gerne auf das vor kurzem erschienene Buch: „*Italienischer Faschismus und deutschsprachiger Katholizismus*" *(Anhang 4).*

Der Gedanke, dass außerdem die Kirchen ihre vielleicht wichtigste Prüfung der Geschichte in der nationalsozialistischen Zeit nicht bestanden haben könnten, erscheint dabei nicht ganz abwegig. Sonst wäre ein wirklich mächtiges Wort aus Rom (Leute!) oder von unseren Bischöfen beider Konfessionen wiederholt ausgesandt worden und ein unverzeihlicher Völkermord, eine weitgehende Verrohung mit offen gemachter Vernichtungsabsicht unserer religiösen Geschwisterreligion gegenüber hätte verhindert werden müssen. Ich weiß, es gab die Enzyklika „*Mit brennender* Sorge", aber auch den Austritt von etwa 100 000 enttäuschter oder gar empörter deutscher Katholiken unmittelbar danach (unfassbar!). Trotzdem, die Kirche muss sich wohl oder übel - selbst um die Gefahr ihres eigenen Lebens - immer wieder einem verbrecherischen Krieg oder Vernichtungsabsichten entgegenstemmen. Das ist nämlich ihr Auftrag vom Stifter ihrer Religion. Im Übrigen sind Faschismus und Nationalsozialismus, wie auch alle Religionen, von Menschen in die Welt gesetzt worden und zwar bewusst und ich bin mir sehr *bewusst,* dass man darüber sicher noch einmal oder mehrmals nachdenken und sprechen muss.

Vieles wäre noch zu erzählen aus meiner Kindheit, aus den Jahren von 1942 bis 1945. Die Fahrten mit der Eisenbahn zum Beispiel, von Stargard nach Deutsch-Krone zur Großmutter Grunenberg oder nach Schneidemühl zur Großmutter Riebschläger.

Oft nahm mich mein Held mit zu seiner Mutter, meiner Großmutter nach Deutsch-Krone, dem Traumbild meiner Heimat, wo er einmal im Sommer ein Paddelboot mietete. Ich erinnere mich genau, wie das leichte Ding schwankte als wir einstiegen und anschließend unsere ruhigen Runden dahin zogen auf dem grünen See. Sachte glitt das Boot auf dem welligen Wasser und die Vögel, meist Haubentaucher, die wir beobachteten, waren weit weg und so unbeschwert fröhlich. Ein Apfel wurde mit kräftiger Hand geteilt und die Glücksferien wollten an diesem Tag einfach kein Ende nehmen.

Im Zug legte ich mich oft längs auf die breiten und harten Holzbänke und betrachtete die vorbeifliegenden Bäume, meist waren es Birken in ihrem hellen Grün. Eine eigenartige und schöne Welt umarmte uns in großräumiger Weite. Alles saugte ich ein und ließ es lange in mir wirken.

Und heute ist es, wenn man nach Polen fährt, ähnlich und ich meine sogar, man sollte öfter in diese von der Natur gesegnete schöne Gegend fahren, wo sich vor Jahrzehnten Unglaubliches abspielte, wie es zum Beispiel in den *„Bloodlands"* von Timothy Snyder beschrieben wurde und wo der zeitweilige Gefährte meiner Mutier, unser Gentleman Elias Heinrich Hacker (ehemaliger Artillerist aus der Kaiserzeit!) damals als SA-Gruppenführer im Warthegau tätig war. Und man erfährt nichts über ihn. Wahrscheinlich war er eher ein Mitläufer und Gefährte der Zeit oder, hoffentlich, ein Mensch, der hingeschaut hat und vielleicht sogar geholfen?

In den wieder aufgebauten schönen Städten in Polen, wie zum Beispiel in Posen oder Thorn, die ich vor einiger Zeit besuchte, lebt ein aufgewecktes Volk und vor allem die Jugend dort ist - genau wie bei uns nach dem Krieg - spürbar im Aufbruch. Überall herrscht eine imponierende und schöne Art der offen gezeigten Lebensfreude, wobei sich freilich, wie bei uns auch, oft eine ungleiche Bilanz von Armut und Reichtum zeigt, die es irgendwann aber wirklich auszugleichen gilt.

Und Russland, das weite Russland, das Land, das Ihr in eurem stürmischen Anlauf erobern wolltet, meine toten Freunde, und das sich erfolgreich wehrte, reicht uns heute die Hand zur freundschaftlichen Partnerschaft. Sie muss nur angenommen werden.

Ihr aber, meine Lieben, marschiert niemals mehr in einen Angriffskrieg - versprecht es - und euer Tod hat nur dann einen Sinn, wenn er uns zeigt, dass ihr nicht umsonst gefallen seid, weil wir alle daraus gelernt haben, zum Beispiel, wie Krieg rechtzeitig zu verhindern und Leben zu sichern ist:

Das ist der einzig wahre Trost,
Des Menschen Leben ist der Tod.
Der Sonne Glanz auf seiner Haut
Ist für die Hoffnung aufgebaut.
Und in dem Glanz will Wahrheit sein,
So lebt er gut und nicht allein.

Ich denke, dieses Gedicht gehört in die Kategorie für besondere Ästhetik, man weiß nicht so recht, soll es Vertrauen oder Verzweiflung ausdrücken, aber es gefällt mir trotzdem. Henry Miller meinte einmal zu derartigen literarischen Gebilden sinngemäß: „*Wer kann das ergründen?*" oder: „*Wer es ergründen kann, der soll es tun!*" und zitierte dazu einen alten chinesischen Dichter etwa folgendermaßen:

„*Spätzchen, Spätzchen,*
Geh, geh aus dem Weg.
Der Herr Pferd kommt."

Richtig, Vorsicht ist immer angebracht im Leben, doch manchmal muss man eben auch die Welt retten. Ich glaube, da meinen jetzt einige Leserinnen und Leser wirklich: Erzähl mir jetzt bitte nichts vom Pferd!
Ich empfinde heute meine frühe Kinderzeit manchmal wie direkt fassbar nahe. Die täglichen kleinen Wege mit meinem Roller oder auf dem Dreirad in Stargard entlang der Straße, die von Schatten spendenden Bäumen gesäumt war, alles ist wie auf Abruf vorhanden. Und dann unter die Eisenbahnbrücke hindurch aufwärts zur Mitte der schönen Stadt, vorbei links am „*Cafe Westend*", wo ich als glückliches Kind mein erstes Eis bekam, immer abrufbar, sofort, wenn es sein muss.

Die meistens draußen stattfindenden Spiele in freier Natur vor unserem Haus, vor allem ohne Aufsicht, ein kindliches Vergnügen, groß genug, dass man es heute noch so empfindet, und meine Neugier wurde immer gestillt. Überhaupt meine ich, dass ich damals mit meinen fünf Jahren bereits ein kleiner fertiger Mensch war (genau, wie es Henry Miller ebenfalls irgendwo beschreibt), ein richtiger kleiner Mensch, der die Zeit verstand, zum gewissen Teil zumindest und der, trotz zu spürender Bedrohung, optimistisch in die Tage hineinlebte. Deswegen war diese Zeit, die so bitter war für viele, für mich eher wie ein Abenteuer.

Allmählich aber stellte sich – vor allem im Jahr 1944 - eine zu spürende und fast körperlich zu fühlenden Unruhe in der Bevölkerung ein, zu erkennen am ängstlichen Reden und im vorsichtigem Tun, welches sich nun wie in einer Art zittriger Zeitlupe vollzog. Ich glaube heute, dass ich alles so beschrieben habe, wie es sich ereignete; äußerlich und auch innerlich.

Unsere Kindermädchen, die uns vom Staat jeweils geschickt wurden (ja, dieser Staat dachte an seine Familien, auch, wenn er die Männer fortriss aus ihren Armen), die Mädchen also wechselten halbjährlich und immer waren es liebe und schöne Mädchen. Auch sie spürten, das merkte ich, kommendes Unheil, denn oft waren sie tief in sich versunken und still.

Nachts ging es in Stargard jetzt immer öfter in den Keller und wir spürten die Einschläge der Bomben im nahen Stettin. Kam endlich Entwarnung, sahen wir danach den rötlich wabernden Feuerschein aufleuchten, direkt über der nur wenige Kilometer entfernt liegenden lodernden Stadt. Es brannte Walhall.
Die Sonne stand schließlich im eiskalten Winter 1944/45 unheimlich rot im Westen, als sie abends unterging und aus östlicher Richtung hörte man gleichzeitig drohendes Grummeln der Artillerie und sah dort einen wabernden rötlichen Schein. Auch von dort grüßte der Weltenbrand.

Dann war es so weit, wie berichtet. Wir mussten uns Ende März/Anfang April auf dem Bahnhof in Stargard einfinden und ab ging die Fahrt nach Stralsund. Es begann die geschilderte Odyssee über ein ganzes Jahr hindurch, diese unglaubliche, wenn auch glücklicherweise relativ kurze Fahrt in eine Ungewissheit, für mich als Kind jedoch recht abenteuerlich.

Etwas ungewöhnlich für die Leser dieses Berichtes mag die vertrauensvolle Rückfahrt direkt nach Kriegsende von Stralsund zurück in die pommersche Heimat nach Hansfelde (Tychowo) sein, wo man wiederum eine gewisse Zeit warten musste, bis der Transport über die Oder zurück in den Westen ging. Das ist vielleicht für manche Menschen, die das hier lesen, etwas unverständlich. Warum dies alles?

Auch der Oderübergang bei Crossen (Krosno) und die damit zusammenhängenden fürchterlichen Bilder auf dem tagelangen Weg dorthin, sowie die beschriebene seltsame Nacht direkt vor diesem Oderübergang, das alles schwimmt in meinem Gedächtnis und taucht bei Bedarf auf. Was aber war der eigentliche Grund für dieses Durcheinander?
Es war das Abwarten der Ergebnisse der Konferenz in Potsdam vom 17. Juli bis 2. August 1945. Die Konferenz der Alliierten hielt damals sozusagen die Zeit an. Und in dieser Zeit wurden Menschen, wie wir zum Beispiel, für eine Zeit gefangen gehalten, oft gequält und manche wurden sogar getötet.

Ich erinnere mich, wie wellig die Gegend direkt vor der Oder war. Wir kamen mit dem Kinderwagen die letzten Meter kaum vorwärts, überall diese Granattrichter, überall lagen die Überreste des Krieges verstreut und ich meine sogar, in manchen Gräben schlummerten noch verkümmerte Gestalten, ganz zusammengekrümmt, erschütternde Reste ihrer selbst, und dass es sehr eigenartig roch, beißend irgendwie und zugleich süß, nach Aas. An den Seelower Höhen nämlich, nicht weit von hier, hatten sich deutsche Abwehr und russische Angreifer noch einmal verblutet; aus den Angreifern wurden Verteidiger, aus Verteidigern Angreifer, aus anfänglichen Siegern Verlierer, aus anfänglichen Verlierern wurden Sieger, so ist der Krieg. Aktion und Reaktion im Ausgleich miteinander wie in einer physikalischen Gleichung.

Da also lagt ihr, ich fühlte es. In meiner Erinnerung sehe ich es undeutlich, da wart ihr versteckt mit eurem ehemals tapferen Geist. Eure Gegner lagen ebenfalls da, denn russische Panzer voll mit Soldaten in langen Mänteln fuhren wie suchend herum. Und einer von ihnen warf mir, als das Ungetüm quietschend direkt vor uns hielt und uns doch nicht überfuhr, einen Bonbon, eingewickelt in Papier, vor die Füße, wie fragend und mit einem Pokergesicht, aber ich verriet euch nicht.

„Kartenschlagende Matrosen
sind in ihrem Fleisch allein,
Tabak rieselt durch die losen
Augenlider in sie rein.

Ihre Messer, die sie warfen
nach dem blauen Vorhang Nacht,
wurden schartig in dem scharfen
Wind der Ewigkeit, der wacht." (Anhang 3)

Berlin dann in seiner Zerstörung, das Lager Tegel und der lange Weg nach Goldberg in Mecklenburg, das alles ist erlebte Geschichte. Heute denken wir Älteren vielleicht noch manchmal daran und die Jungen hören es - ungeduldig genug - wenn wir es erzählen. Doch sie denken eben anders, globaler und manchmal auch erstaunlich interessiert. Deshalb soll davon berichtet werden, wie es damals war in Deutschland und in Europa in einer eigenartig verwirrten Zeit, in der man dachte, alles wäre irgendwie verrückt gewesen. Und heute haben wir hier in Europa den wunderbarsten Frieden über eine lange Zeit schon, hören mitunter nur noch von historischer deutscher militärischer Größe einer vergangenen Zeit, oder höre ich da etwa schon wieder etwas, das erschrecken macht?

Damals im Jahr 1945 in Stralsund endlich diesen grausamen Krieg überstanden zu haben und wieder in einer neuen Friedenszeit in die alte Heimat zurückkehren und dort leben zu können, das war es wohl, was die Älteren von uns damals wahrscheinlich innerlich bewegte, diesen Schritt zu tun. So dachten sie - ich hörte es aus den Gesprächen – doch wir waren ein wenig einfältig. Der Zug von Stralsund fuhr zwar in Richtung Osten, er hätte unter Umständen viel weiterfahren können und wir wären jahrelang irgendwo verschollen gewesen, nicht auszudenken! Schließlich haben einige Deutsche wirklich eine Zeit lang unter erbärmlichen Verhältnissen in der alten Heimat gelebt und sind erst sehr spät in den Westen gekommen und manche gar nicht, sind einfach dageblieben, sind alt und still geworden.

Wie ist es, ihr Lieben, ist alles vergangen und seid Ihr nun zufrieden? Und liegt Ihr dort ruhig, wo ihr eben liegt und harret der Auferstehung, wie man es euch schon immer erwarten hießet? „Ja, die Fahne ist mehr als der Tod", sagte man euch zuletzt und ihr habt es gesungen. Oder tatet ihr nur so, als glaubtet ihr es?

Denn lange zuvor schon erzählte man euch im Religionsunterricht, dass der Tod der Übergang wäre zu einem besseren Leben, zu einem Heldenleben auch und dass es zu ertragen wäre, den Tod zu überwinden und dass er sogar schon einmal überwunden worden sei. Und man könnte euch, wenn ihr gestorben seid, noch etwas Gutes tun, zum Beispiel mit einem Gebet oder mit Geld für eine Seelenmesse, um des ewigen Seelenheiles willen. Auf eurem Koppel stand schließlich: „Mit Gott". So haben sie euch verführt!

Nun, ich habe hier etwas Geld und wollte es gerne hergeben, wenn ihr nur wieder lebendig gemacht werden könntet, ihr und eure tapferen Gegner.

Mit den jetzt Lebenden aber könnte man etwas erreichen, denn man darf die Geduld nicht aufgeben, die Geduld, dass etwas erreicht werden kann, die darf man niemals verlieren. Vielleicht wurde doch nicht alles zerstört, was uns Menschen verbindet, und eine Rettung ist möglich.

Ein schwieriges Unternehmen, meine Lieben, so denkt ihr vielleicht in eurer Ruhe und mit eurer Erfahrung in Todesangelegenheiten, und ihr lächelt über solche törichten Wünsche oder über den Ruf: „Zum Donnerwetter, schlagt doch mal den Krieg tot!" (Anhang 2e)

Aber das haben sie damals auch geschrieben, die Kriegshistoriker um 1920, dass der erste Weltkrieg, der *„Große Krieg",* der Totengräber für alle zukünftigen Kriege sein würde. Und auch deshalb wurde dieser Bericht geschrieben. Er ist etwas eigenartig, weht anfänglich und immer mal wieder liedhaft heran, aber das ist, wie gesagt, der kindhaften Erinnerung gewidmet, das ist der Introitus und schließlich die weiterhin begleitende Melodie zu dem, was einmal geschah, denn so erkennen wir im Erinnern das, was wirklich ist, eigentlich oftmals viel besser in einem Lied mit seinen vieldeutigen und menschlichen Schattierungen als nur in Prosa verfasste Literatur.

„Sie gläuben es nicht, wenn sie es nicht singen", so, oder ähnlich, hat es Luther einmal gesagt, und so mag es sein.

Meine frühe Kindheit im 20. Jahrhundert war schön und abenteuerlich. Sie hat mich meiner geliebten Heimat entrissen und ich bin jetzt im Alter sehr dankbar, dass ich mit meiner großen Familie das Leben genießen kann. Wie war es damals? So fragen mich manchmal die Enkel, weniger die eigenen Kinder (anscheinend haben sie genug von meinen gelegentlichen kurzen Berichten von früher her), es ist ja auch irgendwie verständlich. Die frühe Kindheit, die schöne Zeit in Niedersachsen und in der Rheinpfalz und dann natürlich die besondere Zeit im bischöflichen Konvikt zu Speyer, meine Güte, was für eine lange Geschichte. Und dann fängt das richtige Leben eigentlich an, das Berufsleben mit allem Drum und Dran. Und wie ging es in Windeseile dahin und wiederum war man auf der Flucht sozusagen von einer Arbeitsstelle zur anderen. Wird einem die wunderbare Partnerin vom Schicksal zugeschoben oder wie geht das? Der vorsichtige und schöne Aufbau einer erst kleinen, dann immer größer werdenden Familie. Endlich eine Wiedergutmachung der einst zerstörten Hoffnung, des einst zerstörten Glücks? Ja, das wäre dann noch einmal ein eigener Bericht, ein schönes Buch.

Musste aber der Aufenthalt in einem katholischen Heim wirklich sein nach all dem Erlebten? Ja, es musste sein. Die klerikale Umgebung im Konvikt, sie entsprach der Politik, die nach dem verlorenen Krieg, wie ich heute meine, bewusst unternommen wurde, nämlich der Ausschau nach einem Wunder. Das

Wunder des Wiederaufbaus, das "Wirtschaftswunder" eben, das spielerische "Wunder von Bern" und immer wieder das Wunder des Erfolges auch für mich, für meine Familie, für eine Zeit, geschuldet der eigenen Art *und* dem Zufall, auch der Hilfe von irgendwo her für das, was man in Augenschein nahm, in Anspruch nahm, anstrebte mit Mut und mit neuem Schwung. Dass dabei einiges auszuhalten war, habe nicht nur ich gespürt, auch meine Arbeitskollegen, meine Chefs, meine Corpsbrüder, vor allem aber meine Frau und meine Kinder. Sie alle mögen mir verzeihen, das wäre schön.

Und gerade jetzt, als ich meine Arbeit beschließe, erfahre ich durch ein zufällig im Internet bei „*amazon.de*" gefundenes Buch die erschütternde Schilderung einzelner Tage, Wochen, Monate und Jahre des Angriffs auf die Sowjetunion, das Leid von Freund und Feind. Der Titel des Buches: *„Zwei Spätsommer vor Leningrad"*. Hans-Heinrich Sasse ist der Autor und damals junger Kamerad meines Helden und mit meiner Kinderliebe umhegten Vaters. Er wird mir in diesem Buch quasi als Schockerlebnis wiedergeschenkt und deutlich vor Augen gebracht als tapferer Zugführer innerhalb seiner Kompanie, umsichtig arbeitend, alles sorgsam leitend und schließlich dafür mit dem Leben bezahlend als Kompanieführer seiner geliebten 7. Kompanie des 25. Panzergrenadierregiments vor Leningrad. Im vierten Gesang habe ich ihm ein kleines Denkmal gesetzt und kann nun endlich meinen Bericht beenden mit dem erschütternden Hinweis auf etwas, was hier vielleicht zu kurz gekommen ist, dass nämlich die russischen Menschen in

Leningrad damals unvorstellbares Elend erlitten haben, ein furchtbares und langes Leiden, das unsere Soldaten ihnen zugefügt hatten und wofür wir Nachfahren Trauer und Scham empfinden sollten. Darüber gibt es ebenfalls eine ausführliche und erschütternde Literatur, genau wie über die unmenschliche Vernichtungsabsicht, vor allem die brutale Durchführung gegenüber unseren jüdischen Bürgern hier und anderswo. Das Fazit von allem Erlittenen muss daher die Aufarbeitung von Krieg und Vernichtung - und was immer dazu führt - sein. Dankbar erleben wir (das kann nicht oft genug betont werden!) in Europa gerade eine lange friedvolle Zeit. Ein zu schaffender und dauernder Frieden in der Welt wird daher unsere schönste und gemeinsame Aufgabe sein.

Dafür kämpfen wir Lebenden jetzt, ihr Lieben, und Ihr sollt uns dabei helfen!

Epilog

Wenn anbricht der Tag und spürbar das kommende Licht durch Äste des Baumes dringt,
tritt eine Wohlgestalt in unsern Raum, Dank heißt sie und redet in Bildern.

Macht selbstständig sich, spricht leise, dann zunehmend lauter, den Kopf befreiend,
die Anmut des kommenden Tages in sich tragend: Nur Demut und Sicht.

Verfall ist nicht mehr gegeben, spricht es, und nebenan zieht köstliche Luft durch die Lunge.

Frisch jetzt und auf, spricht es, und breitet die Flügel, umfängt alle Herrlichkeit.

Welt und Haben, Besitz und Einsicht aus undeutlich deutlicher Einfachheit. Wie?

Tölpelhaft, meint ihr, schelmisch gar? Nein, da spricht es von Gnade und lächelt.

Hell wird die Zeit und sichtbar. Das Chaos zerfällt, die Flügeltür wird geöffnet.

Eintritt der Engel, der immer gewartet, und singt: Lieber,
du hast es gespürt, dass ich bei dir und leitete deine Wege,

Singe vom Sternengleichen, vom Fels in der Brandung, vom Leben in Fülle und das,
was du gefühlt in den Adern und liebend gedacht, das war ICH und bin es seit Anfang!

*Und: Wie ein Wahnbild, denkst du, verschiebst mit einer Bewegung
den Zugang zu dir und reckst deinen Körper.*

*Doch die Gestalt, die edle, sie lässt dich nicht aus,
deutet nach vorn und lächelt freundlich dir zu:*

*„Gedenke der schwindenden Nacht, als ihr den rosigen Morgen, da
von den Hügeln ihr schrittet, freudig begrüßt.*

*Und ihr sagtet: wie schön sie ist, die Sonne, die dort erwacht. Dankbar
damals die Sicht und alle Vorsicht verflogen!*

*Alles war nun Besitz, erfüllt von sprühendem Leben und greifbar
erschienen euch mutiger Glanz und die Tat.*

*Schreitet nur weiter und habt keine Furcht, denn ER,
der aus Welten erwählt uns, zu dem wir liebend uns wenden,*

*Wir, Milliarden Geschöpfe, mögen wir Gott ihn nennen, Ewiger oder
Allah,
machtvoll wird er uns schützen!"*

*Doch, die in sich Verschlossenen, kauend am Fingernagel, den sie mit
Farben lackiert, um bunt zu sein wie die Vögel,*

*Oder, mäandernd am Saum des Lebens, wie `s sein mag, Sie oder Er,
sie laufen im Kreis und sehen nur sich.*

*Dankbar aber die Frauen, dankbar die Männer, die trafen richtiges
Urteil beizeiten, auch wenn ein Schatten auf allem.*

*Mutig die Heldinnen, die, wenn drohet die Faust oder Schärfe,
ausgehend von einer Klinge oder vom brüllenden Mann*

*Aufschreien und sich vereinen, dem knurrenden Hund widerstehen,
Meldung machen und stoßen auf offene Ohren.*

*Oh, wie geduldig, sieh doch, das mutige Kind, wenn es - geschlagen
vom Vater - sich wendet, Tränen verbeißt und liebt doch immerzu ihn,
den schüttelt zutiefst die Scham.*

*Glücklich endlich das Land, das Gesetze sich fügt zum Wohl und zum
eigenen Heil, glücklich die Menschen dort,*

*Wo ein geduldiges Tier auf seinem Rücken getragen
eine verfolgte Jungfrau, mit klingendem Namen: Europa.*

*Ja, unsel`ge Verirrung vom heiligen Krieg und vom Tod hatten die
Menschen gepackt, dass an die Kehle sie gingen*

*Selbst mit dem Spaten sich, mit Gewehr, mit Nägeln an Stiefeln im
Dreck und sahen doch Freunde, das liebliche Land und die Freiheit,*

*Auch die Verheißung, dass uns der Friede versprochen, den wir im
Rausch und Verirrung so grausam verjagten beizeiten.*

*Und mit den ehemals Feinden gehst du den Weg jetzt behutsam,
siehst nun die fruchtbare Erde, die Sonne, den Mond und die Freunde*

*Für eine lange Zeit in Europa, der Osten, er möge noch schwanken,
einst sitzt auch er unter Jauchzen und frei am gedeckten Tisch.*

*Weit bis nach Asien hin erschallt jetzt der Ruf nach der Freiheit,
hören die Stimmen wir schon und ahnen das kommende Glück.*

*Afrika auch, das Land, das so lange gelitten, Sklaven in Massen,
die weinten, wenn mit dem schwankenden Schiff*

*Sie in die Länder der Reichen wurden gewaltsam verschoben,
bald werden Handel sie treiben, endlich am Reichtum sich laben.*

*Wenn nur - so sagt der Engel - die Maßlosigkeit sich besänne,
wenn die Vernunft, bis alles im Lot, endlich siegte,*

*Dann, ja dann kommen Ordnung und friedliche Freude wieder,
die uns Vernichtung ersparen, schützen gemeinsam das Haus.*

*Warte, spricht jetzt die Stimme und nickt dazu wie in Güte,
warte und denke daran, dass nicht umsonst du gesungen!*

*Sachte nur schwinget das Blatt am Zweig und es scheint, dass jetzt der
Baum, der grade im Dunkel dich grüßte, er
lächelt dir zu.*

Nachwort

Es war eine spannungsgeladene, jedoch sichere Kindheit in Pommern, in der wunderschönen Stadt Stargard, der Stadt meiner Träume aus frühen Kindertagen. In der Nähe des dort wie wartend liegenden Madüsees wurde ich im Jahr 1939 geboren und wuchs – zufrieden mit mir – allmählich heran. Das Land dort ist etwas hügelig, der Sand mitunter wie ein weiß schimmernder Küstensand und die Luft flimmert im reflektierten Licht der nahe liegenden Ostsee etwas schriller auf als sonst wo, wenn im Hochsommer die Tage länger werden. Von der See her lockt ein Seewind, der anregt zu erträumten und ausführbaren abenteuerlichen Weltreisen. Stettin liegt gleich nebenbei, die ehrwürdige pommersche Hauptstadt mit einer militärischen Tradition, die typisch war für das ganze Land.

Für Kinder, die dort spielten und noch spielen dürfen, birgt die Gegend, das Land, bergen die leichten Wälder, wenn man nur will, immer wieder Abenteuer. Ich war erst vor kurzem wieder dort, war begeistert vom Oderbruch und den darüber führenden stählernen Brücken und bestätige alles, was ich hier sage. Auch dieser Bericht ist abenteuerlich, meine Kindheit in einem verwirrten Deutschland.

Emsig schnaubend durch die Zeit
Durch die Welt bei offenen Türen.

„Eine Kindheit und Jugend im 20. Jahrhundert" heißt der Titel des Berichts, der Autobiografie meiner Kindheit und Jugend, doch eigentlich müsste es eine „deutsche" Kindheit und Jugend heißen, denn wahrhaftig, es spielte sich alles in Deutschland ab, im geistig verdämmernden Deutschland der Jahre 1942 bis 1945 und in den Jahren danach, in der Zeit des langsamen wieder Auferstehens aus einer fürchterlichen, selbst verursachten, das heißt dümmlich herbeigeführten und totalen Niederlage und aus Schritten in eine erst einmal annähernd kopflos sich zeigende Nichtigkeitszukunft, die teils Hoffnungen barg, teils schon wieder Verwirrung und - zumindest in der westlichen Bundesrepublik - zunehmend christdemokratisch geführt wurde, was gelegentlich zu denken gab damals und auch heute noch gibt.

Vielleicht sind schon in dieser Zeit all die heutigen Verwerfungen in die Wege geleitet worden wie: Arbeitslosigkeit, spärliche gesetzliche Renten oder nicht ausreichende Pflegesätze, ausufernde Geldpolitik statt wirklich sozialer Politik und so manches mehr, was einem gelungenen Sozialismus angestanden hätte. Fürderhin heutzutage immer wieder die gierigen Gesichter eines nur auf Großgewinn abzielenden aggressiven Kapitalismus, Gesichter, die man überall antrifft, wenn man sich endlich auf die einmal anstehende Arbeitsbahn begibt. Angestellte und Arbeitnehmer können ein Lied davon singen und genaue Beobachter der Zeitgeschichte sowieso.

Der Titel „Eine Kindheit und Jugend im 20. Jahrhundert" ohne den Hinweis auf „deutsch" ist aber passender und somit weiter gefasst, weil auch Kinder anderer Nationen, und zwar weltweit, damals gelitten haben; denken wir nur zum Beispiel an die jüdischen oder polnischen Kinder dieser Zeit und wir sind bestürzt. Ein kurzes aber prägnantes positives Bild über meine schnell geschlossene Freundschaft mit einem kleinen polnischen Buben und über das großzügige Verhalten einer polnischen Bauersfrau habe ich zu diesem Thema in meinem Bericht im 6. Kapitel dankbar skizziert.

Das eine Jahr (1945-46) in Mecklenburg erscheint mir in meiner Erinnerung als ein Jahr des Atemholens bei kargstem Zustand in jeder Beziehung und eisiger Kälte im Winter, um dann langsam wieder zu erstarken, weiter zu marschieren in einen, wiederum auf Ordnung und Zucht zugehenden Obrigkeitsstaat, der damaligen sowjetischen Zone, der späteren DDR. Meine Erinnerungen betreffen also zunächst die frühen Jahre von 1942 bis zum März 1945 in Stargard bei Stettin. Dabei beginne ich mit einer ungewöhnlichen Einlassung, mit einer Anrufung toter Soldaten, meiner in Kindertagen oft beobachteten marschierenden Vertrauten, die damals Tag und Nacht an mir vorbeizogen, ohne mich (am Tag) anzusehen, wenn ich sie seitlich auf meinem Dreirad anstaunte (nachts schon gar nicht). Mal sangen sie, meist schwiegen sie. Oft schwitzten sie und hatten ihre Helme seitlich am Gürtel befestigt. Grimmig zogen sie dahin, wie wenn sie aus Verzweiflung irgendwo den „Arsch der Welt" suchten oder eine tiefe Grube, in die sie fallen sollten.

Andere Gestalten folgten: in zerschlissenen Kleidern und Mänteln, die Füße in erdigen Stiefeln oder umwickelt mit Lappen, zuweilen barfüßig gar, langsam gehend in endlosen Reihen und freundlich mir zuwinkend, gefangene Russen.

Es kommen, es kommen die alten Bilder,
Dunkel und hell, voll Trauer und milder.

Auffällig war - als ich mich entschloss, endlich mit über 70 Jahren meine Kindheit auf dem Papier nachzuerzählen (eigentlich auf dem PC!) - dass alles wie von selber ging. Erst einmal angefangen, kamen die Bilder, ja es waren fast Gesänge, innere Gesänge, wie von selbst. Und so fasste ich meine Kapitel zunächst in einzelne Gesänge, später aber in Bilder zusammen. Ich badete in Erinnerungsbildern, in einem regelrechten Film, der manchmal auch riss. Dann wartete ich, bis am nächsten Tag wieder etwas zum Vorschein kam. Ich schrieb fast nur nachts und korrigierte immer wieder dies und das, fügte Neues hinzu. So kam nach und nach langsam das zustande, was für mich heute wichtig ist, eine regelrecht literarische Mischung, die immer mehr aussagekräftig wird. Alles aber ist aus der zeitlichen Entfernung geschrieben und einiges mag anders gewesen sein, die Erzähllust, einmal angefacht, reißt einen oftmals richtiggehend mit.

Es wird zunächst eine schwankende Stimmung unter der normalen Bevölkerung in Pommern geschildert, die allerdings erstaunlicherweise nicht nur für eine allgemeine Zustimmung des politischen Systems damals plädierte, sondern manchmal - allerdings leise - durchaus kritisch war. Das umherstromernde Kind (jetzt distanziere ich mich als Autor vom Geschehen, indem ich als *Kind* fungiere!), das Kind also erlebt in der nachbarlichen Bevölkerung demnach beides: Zustimmung *und* Ablehnung des damaligen schwebenden Zustandes, also abwechselnd helle Sonne einer entzündbaren Freude über hinausposaunte Siege und dann wieder Zittern vor dem drohenden Schein des aufschimmernden Untergangs. Auch ahnt das Kind Unheil und fungiert nun als Führer durch das Erlebte, berichtet zügig weiter, erfreut und berauscht sich kindlich immer wieder an heroischer Musik aus goldfarbenen Hörnern und jubelt innerlich mit. Der Vater, sein Held, fällt an der Nordfront. Das Kind ahnte es zuvor schon (aus Gesprächen mit ihm, seinem Helden, und durch Betasten einer grässlichen Wunde). Mit Mutter, Tante und zwei kleinen Brüdern wird die (jetzt gestörte!) Familie kurz vor Kriegsende nach Stralsund evakuiert, in eine schöne Stadt, allerdings da schon recht ramponiert und abgebaut.

Eine direkt nach Kriegsende sich anschließende Rückkehr von Stralsund wieder retour in die pommersche Heimat (für eine kurze Zeit) und die nur wenig später darauffolgende endgültige Ausweisung in westlicher Richtung über die Oder nach Berlin - nach der Potsdamer Konferenz, die von Juli bis August 1945 stattfand - werden ausführlich, ebenfalls aus Kindersicht, geschildert. Das zerstörte Berlin ist nun Schauplatz des Elends, wo auch mein jüngster Bruder zu Grabe getragen wird. Berlin wird eines Abends auf einer Lokomotive beziehungsweise auf deren schwankendem Tender angefahren und mit gehöriger abenteuerlicher Erschütterung erlebt.

Oh, welche Freude, im Wind zu fahren,
Wir sehen nur Bilder und nicht die Gefahren.

Der weitere Weg führt über das gänzlich zerschossene Berlin, in dem es trotz Verwüstung hoch hergeht und in Träumen zweimal der Zeitgeist (!) erscheint, nach Mecklenburg, und zwar in den harten Winter 1945/46. Die in dieser Zeit erzählten Begebenheiten ergeben ein Bild sowohl von Chaos als auch von langsam aufkommender Ordnung (es marschieren schon wieder Mädel und Jungen, jetzt allerdings in blauer Kluft). Im Frühjahr 1946 erfolgt die Übersiedlung der kleinen gefährdeten Familie endgültig aus Gründen einer gnädigen Familienzusammenführung in den Westen nach Niedersachsen.

Die Jahre auf dem Land in Niedersachsen - wo ein Ersatzvater erscheint - mit Einschulung und erlebter Hinführung zu einem lebendigen ökumenischen religiösen Miteinander (!) auf dem Dorf wirken einstweilen beruhigend auf Gemüt und Körper aller Beteiligten. Ein abermaliger Wohnungswechsel, diesmal in die Rheinpfalz und das Leben im katholischen bischöflichen Konvikt in Speyer bilden den Schluss der Erzählung. Im 13. Kapitel reflektiere ich ausführlich über eine damalige religiöse

Erziehungsmethode, allerdings aus nunmehr erwachsener Perspektive mit kritischen Anmerkungen allgemein und auch gezielt zu einer klerikalen Erziehungs-Praxis, die jetzt im Alter endlich einmal textlich - und eingestanden, ein bisschen sehr ausführlich - erklärt werden soll.
Ein lyrischer Epilog - als Rückblick auf das bisherige Leben und Dank für eine innerlich gespürte Rettung aus teilweiser Verstrickung geschrieben - bildet den Schluss. Ja, er ist zugleich auch pathetisch, wie ich es liebe!

Da in der Erinnerung die jeweils betreffende Zeit in einzelnen Bildern auftaucht, wurde ein tragender, manchmal sogar episch wirkender Erzählstil gewählt und in einer Arbeitszeit von etwa zwei Jahren diese oft auch liedhaft sich gerierenden Kapitel erst in Gesänge, dann in 15 Bildern gebunden, sodass man den ganzen Bericht auch gerne mit dem Titel „Deutscher Gesang" (ist auch der Arbeitstitel im PC) hätte benennen können. Gesänge spielen überhaupt eine besondere Bedeutung in meinem Kindheitsbericht, wie man es sicherlich im Bericht auch manchmal merkt.

Deutscher Gesang, mal süß und mal rau,
In die Welt geschleudert so zielgenau.

Ein gegen Ende der Arbeit überraschend im Internet auftauchendes Kriegstagebuch: *„Drei Spätsommer vor Leningrad"* von Hans - Heinrich Sasse (welch ein Zufall!) beflügelt mich zu einer traumhaften Reflexion im vierten Kapitel über meinen Vater, der in diesem erwähnten Buch von Sasse mehrfach persönlich erwähnt wird.
Eine andere Schicht ist die der Einbeziehung einer traumhaften Sichtweise von Ereignissen, die mit Begriffen wie Engel oder Zeitgeist allegorisch erfasst wird und wo der Tod mehrfach in Erscheinung tritt, was eigentlich nicht verwundern darf bei dem Erlebten. Auch in der Figur meines jüngsten Bruders, der von mir und meiner Mutter damals in Berlin mit einem Bollerwagen zu Grabe gefahren wurde, spiegelt sich das Tragische im Buch wider, vor allem im kleinen lyrischen Text dazu.
Der rote Faden der ganzen Erzählung ist die jeweilige Zeiterinnerung eines Kindes und somit wird ein, aus kindlicher Sicht erzählter Stoff, langsam eine literarische oder (sogar)

historische Wirklichkeit, wenn man es so sieht, wie ich es empfinde. Interessant ist meines Erachtens dabei, dass die behütete Einschließung in ein katholisches Studienheim trotz teilweise aufgegebener Freiheit als aufbauend oder gar wohltuend empfunden wird. Das widerspricht unter Umständen einer momentanen Meinung über Heimaufenthalte allgemein.

Ich denke, diesem Lebensbericht aus Kindheit und Jugend kann etwas mitgegeben werden, was Leserinnen und Leser in die Lage versetzt, zu spüren, wie es ist, wenn es Menschen langsam in die Katastrophe zieht und wie so langsam wieder hinaus und dass „Gnade" und eigener Entschluss sich dabei die Waage halten können, dem zu widerstehen, was wir gerne Schicksal nennen, dass man also immer irgendwie im Leben kämpfen muss, um es auf den Nenner zu bringen. So ist es oftmals wirklich in der Welt und die innere Wut schiebt einen dabei geradezu trotzig an.

Die Freude am Theaterspielen, Zuschauer zu animieren, zu berühren, von der Bühne herab zu reden, zu fungieren, wie freute ich mich, als es mir im bischöflichen Konvikt zu Speyer ermöglicht wurde. Denn die Welt als spielbares Theater zu erleben, etwas aus dem Stegreif zu gestalten, Menschen zu berühren, zum Lachen, zum Weinen zu bringen, das wurde mir im Studienheim damals jahrelang und großzügig zugestanden. Bald darauf konnte ich ins wahre Leben einsteigen, nicht nach Mannheim, ins dortige bekannte Nationaltheater, wie von der Heimleitung vorgeschlagen, sondern in einen Handwerksberuf, mit der überraschenden Heirat einer wunderbaren Frau und einem Brau-Studium an der TH-München/Weihenstephan.

War denn das Leben nicht auch Theater,
Barg es nicht frohes Treiben, Nacht, Tod und Rettung?

Eine manchmal auftretende und zuweilen sarkastische Kritik in Bezug auf eine manipulierte Politik des typisch deutschen Normal-Anspruchs *(„wenn wir nur Arbeit haben")* und der Maßlosigkeit *("Wir werden weitermarschieren, wenn alles in Scherben fällt, denn heute, da hört uns Deutschland und morgen die ganze Welt")* ist Absicht und soll zeigen, wie die Erfüllung dieser Wünsche (vor allem des letzteren) abgleiten musste in Hybris, Aggression, in Krieg und Elend auf Kosten der Frauen, der Kinder, der sich nicht wehren-könnenden Minderheiten und sogar der Mitläufer. Und gerade, weil das Lied: *„Es zittern die morschen Knochen"* mit diesem eigenartigen Refrain aus einem katholischen Umfeld kommt, aus der heute noch bestehenden Jugendorganisation „Bund Neudeutschland", die auch im Konvikt zu Speyer integriert war, ist es so erschütternd, was damals passieren konnte. Wenn demzufolge damals eine christliche Ethik oder sogar eine entsprechend denkende (!) Mehrheit in der Bevölkerung im „Dritten Reich" dem Unheil nicht stark genug widerstehen konnte, ist das nur traurig. Vielleicht hat auch eine christlich geprägte Religion in dieser Zeit ihr Ansehen geradezu bis heute hin verspielt, eine Religion, die neben Toleranz sogar die Feindesliebe empfiehlt. Tolerant war sie irgendwie schon dem nationalsozialistischen System gegenüber und hoffentlich hat sie es in ihrer vorgegebenen Liebesempfehlung nicht sogar geliebt? Wäre natürlich fatal für eine historische Aufarbeitung in Zukunft.

Da war eine treue Religion,
Die abwartend sagte:
Das kriegen wir schon!

Die Sonne – zugleich als Begriff für Aufklärung und für Wärme - begleitet nicht zufällig den ganzen Bericht. Gleich zu Anfang beim Abholen des geliebten Vaters vom Bahnhof ist sie zu spüren und zu sehen beim Aufleuchten der Sonnenstrahlen an den Bäumen, sodann in Form blitzender Trompeten und bei einem Tambourmajor mit seinen Wurfkunststücken in sonnenbestrahlter Luft, sowie im friedvollen Sommer am See in Pommern, aber auch als drohendes unheilvolles Leuchten der untergehenden Sonne am Vorabend der Entscheidung in Stargard und bei der Bombardierung von Stettin als nächtlicher Feuerschein über der Stadt als ihr Abglanz. Weiterhin begleitet die Sonne den Bericht bei der Beobachtung der schönen toten Frau im notdürftigen Lager in Hansfelde, die von ihrem sanft bestrahlten kleinen Kind geherzt wird und selbst in der gelben Blume in der Hand meines kleinen Bruders ist sie noch zu ahnen. Im letzten großen Gedicht (Epilog) spendet die aufgehende Sonne als Erkenntnis regelrecht Trost.

Auch die Betonung der Familie, ihre bedeutungsvolle Wichtigkeit zu allen Zeiten und in allen Kulturen, hat ihre besondere Stellung in diesem Bericht. Denn: wurden Familien nicht zerstört, gab es nicht das besondere Leid, wenn ein Gatte, ein Vater, ein Bruder, ein Freund im Krieg gefallen ist, wenn in Europa ganze Familien oder Teile von ihr weggefahren wurden, um sie zu vernichten? Und wurde nicht nach dem Krieg manche Familie nur notdürftig wieder in eine gedeihliche Ordnung gebracht, der frohe Sinn einer wirklich glückhaften Fürsorge für einander nicht sogar bis heute vielleicht beschädigt? Deshalb war ich nur froh und sogar etwas stolz, als mir später einer meiner Chefs einmal vorhielt, ich denke zu sehr an meine Familie, viel mehr als an seine Firma. Ja, so war es.

Ein Ungeist, so scheint es, hielt einst seine Hand über uns. Die Menschen huldigten ihm und die „Seinen" nahmen ihn auf. Das Unheil schwebte über uns, „segnete" uns, kam als „Heil" auf uns hernieder und wir schrien es zurück in die Welt, dass es von den Mauern widerhallte. Und das Unheil, das nun „Heil" gerufen wurde, war wie eine neue Religion. Keine Macht war im Lande, dieses „Heil" aufzuhalten, das über uns lag und um uns herum sich wand wie eine Schlange oder wie ein wärmender Mantel (!). Das wahre Heil aber diente wie ein Vorbild, schließlich aber doch zur Rettung und wäre beinahe selbst vom Unheil abgelöst worden, weil die Wächter des wahren Heils schliefen.

Nach Beendigung des Unheils begann eine Zeit des Wiederaufbaus, die aber auch in eine seelische Verlorenheit für viele führte, begannen die Kräfte sich von neuem zu regen, um zu warnen, aber nicht, um uns vielleicht zu einer Art friedlicher Neutralität hinzuführen nach all dem Erlebten (auch wegen der schließlich gerade offenbarten Nichtigkeit und Überflüssigkeit eines eventuellen zukünftigen Krieges), sondern die Menschen wurden sachte dorthin geführt, wo man sie - wie immer - gerne hat, zur manipulierbaren Menge, diesmal in ein kapitalistisches System mit Anspruch auf eine soziale Marktwirtschaft. –

Auch ich wurde damals im Konvikt zu Speyer sowohl vom neuen Geist der Zeit geprägt, dem christdemokratischen Politbild mit sozialem Nebencharakter als auch vom alten nationalen Bild, das unser Ersatzvater, der engagierte frühere

SA-Gruppenführer uns vorspiegelte. Als ein Gespaltener ging ich sodann in die Welt, umsichtig und mit Verve trotzdem, neugierig auf die Welt, wie sie sich verhalten würde nach allem, was ich in ihr schon erlebt hatte. Sie verhielt sich so, wie ich es erwartete, erwartungsvoll. Ja, ich war in allem schon vorher gefestigt. Was ich auch neu erfahren durfte, es passte irgendwie in mein Bild von einer realen Welt.

Das manipulierende Spiel mit dem Geld erhob sich erneut zu einer nun wirklich maßlos möglichen Größe, wie wir es heute sehen und verdarb dadurch bald sichtbar und spürbar die natürliche Wirklichkeit einer normalen Ökonomie, hob sie lieber hoch, um sie immer wieder fallen oder steigen zu lassen in einem wirren Spiel bis heute. Und auch die verwerfliche Möglichkeit eines Krieges, eines gewaltigen, wo es wirklich um die Zukunft der Menschen gehen könnte, ist noch nicht aus allen Köpfen entschwunden, auch nicht bei uns. Dieser Bericht aus meiner Kindheit erhält somit vielleicht einen Sinn und ist nicht nur wie zur Beruhigung, zur Eitelkeit oder der eigenen Heiligkeit geschrieben, aber das natürlich auch. So ist es doch meist, wenn jemand schreibt.

Kinder sind ja oftmals nicht nachtragend, auch wenn sie leiden, aber sie leiden mit an der Wirklichkeit und sie leiden lange und wenn am Ende dieses Lebensberichtes aus dem 20. Jahrhundert in einem letzten Gedicht, dem Epilog, Dankbarkeit aufkommen mag, ist das wie ein Geschenk. Es möchte gerne zur Versöhnungsfeier aufrufen über Gräber hinweg und über noch schwelenden Unmut und Ungerechtigkeiten, die im Moment wie direkt aus der Evolution heraus immer wieder aufscheinen. Und so wird die angesprochene Dankbarkeit, die aufleuchten mag wie ein schöner Traum, wie eine wertvolle und ethische Philosophie, wie eine beruhigende Religion, wird diese Dankbarkeit relativiert und ebenfalls einer evolutionären Entwicklung unterstellt.

In der Evolution aber gewinnt die stärkere Argumentation oder Kraft, womöglich sogar die brutalere. Doch auch der sich weiter entwickelnde menschliche Geist, der wohl gleichfalls einer Evolution unterworfen ist, wird irgendwann einmal ein Versöhnungsfest einleiten, das womöglich schon näher ist, als wir es ahnen. Wie der Frühling wird dann der Frieden kommen, wie ein Regen im Mai, genau so überraschend, vielleicht sogar aus drohender Vernichtung!

Auch Deutschland ist schließlich wieder auferstanden aus Ruinen, nachdem es einer Art von überspringendem Wahnsinn verfallen war. Es hat aus seinen Fehlern gelernt und will, so scheint es jedenfalls, gerne den Frieden in diese verstörte Welt bringen, nachdem es früher einmal selbst zerstörerisch war. Wir alle in diesem wunderbaren Land können daher zufrieden sein, jeder von uns, dass wir den Frieden gefunden haben und ihn ehren. Die Alten, die es irgendwie geschafft haben und die Jungen, die es weiter schaffen müssen. Und nebenbei gesagt - viermal Fußballweltmeister mit deutscher Tüchtigkeit - das ist doch etwas, zumal mit einer herrlichen jungen multikulturellen Mannschaft zuletzt im Jahr 2014.
Also erneuerte, geläuterte Deutsche mit Kraft und Elan als Vorbilder? Deutscher Gesang auch, den ich sooft erwähne und in verschiedenen Variationen bis hin zum Rap hier vorgestellt habe? Das überlasse ich den Leserinnen und Lesern zur eigenen Entscheidung, und Heino natürlich!
Irgendwann einmal werden endlich auch weltweit die Träume von Angriff und Vergeltung, von Brand und Vernichtung, vom Kampf der Religionen und Kulturen der Vergangenheit angehören, so wie die grausamen Träume unserer Väter und Mütter, die versuchten, uns zu erlösen mit Krieg, dessen Lied sie auf den Lippen hatten wie dürres Laub, das gut brennt. Und man fragt sich heute sowieso, warum es den Deutschen nach dem verlorenen ersten Weltkrieg nicht damals in den Sinn kam, sich einer friedlichen Neutralität zuzuwenden. Deutschland als immerhin einst stärkste militärische und wirtschaftliche Kraft mitten in Europa, das hätte eine Zukunftsaussicht in sich tragen können, genau wie nach dem verlorenen zweiten Weltkrieg, als die Sowjets, wie ich meine, sachte ein Angebot gemacht hatten. Aber da wären gewiss die anderen Alliierten dagegen gewesen.

Es ist schon spät, der Abend naht und alles Denken, Fühlen
Ist eingebettet in dem Raum, in dem wir gerne spielen.
Nun komm, mein Glaube, meine Freude, stehe mir zur Seite,
Ich fühle wieder wie ein Kind nur deine schöne Weite!

Gerolzhofen, im Oktober 2016   Klaus Grunenberg

Anhang

Nr. 1 bezieht sich auf die „Merseburger Zaubersprüche", hier auf Spruch 2, der in Übertragung nach Felix Genzmer (Bender Deutsches Lesebuch 6, Verlag G.Braun,1954) folgendermaßen lautet:

Fol und Wotan fuhren zu Holze;
da ward Balders Fohlen sein Fuß verrenkt.
Da besang ihn Sinthgunt und Sunna, ihre Schwester;
da besang ihn Frija und Folla, ihre Schwester;
da besang ihn Wotan, wie er es wohl konnte;

„Seis Beinrenkung, seis Blutrenkung,
seis Gliederenkung,
Bein zu Bein!
Blut zu Blut!
Glied zu Gliedern, daß sie gelenkig sind!"

Nr. 2 bezieht sich immer wieder auf das Lyrikbuch „Kinder des Kronos", Klaus Grunenberg, Bläscke Verlag, 1983.

Nr. 2a

Harte Gesellen zeigten im Spätherbst ihr graues Gesicht,
hölzerne Wagen wurden zum Treck gebildet.
Über die Oder ging es,
der Steg war verhalten gebaut,
und von geölten Brettern sprangen die Bettler in`s Nass.

Nr. 2b

Und auch der Sieger,
in Pose,
mit lärmender Elefantenmütze,
gab hohnlachend Einstand.
Wochen der Not.

Behände versuchten sie nun der Läuse und Wanzen zu wehren
und der Gestank entsteh`nden Ozons durchdrang die Bretter,
Brot, warmes Wasser zerschmeckten zerlaugte Gemüter,
Zungen aus Nichts zerrannen im tauben Gehör.

Nr. 2c

Unter dem Ast einer Eiche sitzt der Geblendete,
singend, summend ein Lied voll Sehnsucht aus der
entschwundenen Zeit.

Nur das Geschrei einer Walnuss,
zerzaust von der wilden Bergluft,
rühmte sich,
immerfort zagend,
weit in die Lüfte empor.

Neptun stand drohend am Abgrund,
Dreizack schwingend gen Hellas
und auf schäumendem Ross
saß schwankend Laertens Kind.

Vom Dach herab glitten Schafe mit frohem Geblök
auf die Weide
und der Geruch von Kuhstall,
Fliegen an Wänden,
kam auf.
Frühling im Mai an der Ostsee
wehte berauschend herüber,
dürstend entschwanden die Kinder,
suchten das Glück bei den Blumen.

Nr. 2d

Und Treue begann zu flehen im Garten der Großmutter...

Nr. 2e

Totentanz´s Ende

Zum Donnerwetter,
schlagt doch mal den Krieg tot,
damit sein böses Haupt dann
abgeschlagen
in Finsternis begraben endlich ruhen kann.

Es sucht den Frieden selbst der Krieg jetzt
(merkt ihr`s nicht?)
und nur die Hektik
dieser nimmersatten Schicksalsspieler
zieht ihn aus den verstaubten Requisiten hoch.

Verbannt das Vorspiel auch,
den strammen Gleichschritt,
das blöde Schimmerspiel, zerstört es auf der Stelle,
lasst bunte Fahnen wehen für die Kinder,
den Zuckerhut des Witzes zündet an!

Vom Weihnachtsbaum die rote Kugel werft jetzt zu den Sternen,
lasst eure Zungen spüren, dass ihr durstig seid.

Jetzt höret endlich auf, die Kreuze euch zu brechen,
euch selbst und Tiere, die Natur
zu treiben in die Finsternis der letzten Stunde.
Und wie der Blitz aus der gegebnen Spannung
die Erde beben lässt,
so seid jetzt endlich frei!

Schlag doch dem Krieg den Kopf ab,
lösch ihn aus.
Begraben, begraben für immer muss er ruhn,
den Kindern ein grauser Schrecken.

Trau dich,
schau, wem er nützt.
Heil, Heil nur für Zwerge.
Blättere nach,
du findest:
Früchte des Zorns, der Dummheit,
Gefangene suchen den Tod.
Tod dem Krieg, es darf sein!

Nr. 3 bezieht sich auf das Gedicht „Verlassene Küste" von Karl Krolow, Gedichte, Reclam.
Das Gedicht zeigt, auf welchem schmalen Grad wir uns bewegen.

Verlassene Küste

Segelschiffe und Gelächter,
Das wie Gold im Barte steht,
Sind vergangen wie ein schlechter
Atem, der vom Munde weht.

Wie ein Schatten auf der Mauer,
Der den Kalk zu Staub zerfrißt,
Unauflöslich ist die Trauer,
Die aus schwarzem Honig ist.

Duftend in das Licht gehangen,
Feucht wie frischer Vogelkot
Und den heißen Ziegelwangen
Auferlegt als leichter Tod.

Kartenspielende Matrosen
Sind in ihrem Fleisch allein,
Tabak rieselt durch die losen
Augelider in sie rein.

Ihre Messer, die sie warfen
Nach dem blauen Vorhang Nacht,
Wurden schartig in dem scharfen
Wind der Ewigkeit, der wacht.

Nr. 4 „Italienischer Faschismus und deutschsprachiger Katholizismus", Richard Faber/Elmar Locher (Hrsg.), Königshausen & Neumann, Würzburg, 2013

Der Sammelband erlaubt uns tiefe Einblicke in die interessante Entstehungsgeschichte des Faschismus und Nationalsozialismus und in deren Handlungsmaximen. Aus den entsprechenden Vorträgen, die vom 24. bis 27.8.2010 in Lana (Südtirol) stattfanden, wo über italienischen Faschismus und deutschsprachigen Katholizismus referiert wurde, ist einiges zu entnehmen, was unbedingt wissensnotwendig ist. Es geht um Philosophie, um Kultur, um Religion, um gelegentlich erschreckende Überschneidungen und um die Frage, ob damit einer Prüfung für das Leben überhaupt etwas gegeben werden kann, wenn eine ökonomische oder politische Absicht dabei im Vordergrund steht.

Nr. 5 „KLERIKER, Psychogramm eines Ideals", Eugen Drewermann, dtv, 1992
Eugen Drewermann berichtet in diesem mutigen Buch über Erfahrungen aus der Therapie geschädigter Kleriker beiderlei Geschlechts und zeigt die Ursachen schonungslos auf. Es geht um Ängste, die wie absichtlich – wegen einer erwünschten Manipulierbarkeit - in die entsprechende Erziehung der Kleriker eingebaut werden und es geht um Aufklärungsarbeit, damit in Zukunft menschlichem „Unheil" begegnet werden kann und ein „Heil" möglich wird.

Nr. 6 „Das Gilgamesch-Epos - Die Suche nach dem Sinn", Andreas Schweizer, Kösel, 1997
Der Autor dieses Buches, Dr. Andreas Schweizer, ist Dozent und Lehranalytiker am C.G. Jung-Institut in Zürich und versucht in diesem Buch die mythische Gestalt des Gilgamesch für uns Leser heute zu deuten. Gilgamesch ist der Mensch auf der Suche nach dem Sinn des Lebens, wobei er durch Höhen und Tiefen gehen muss.

Von Göttern ist die Rede, von einer Sintflut, von der Menschwerdung aus dem Bereich des Tierischen. Alles wird mit der Lehre von C.G. Jung in Verbindung gebracht und meist recht einleuchtend erklärt, was für das Verständnis des uralten Werkes wichtig ist. Oberstudienrat Zeitlinger in Speyer hatte uns seinerzeit in den 50-er Jahren des 20. Jahrhunderts aus der bekannten Reclam-Ausgabe vorgelesen, die inzwischen mehrfach neu aufgelegt wurde und durch ihre ergreifende Übersetzung rhythmische Feinheiten herausarbeitet, die begeistern können. Auch der im Buch angeführte Text über den Zweikampf Enkidus mit Gilgamesch ist dieser Ausgabe entnommen. („Das Gilgamesch-Epos", Wolfram von Soden, Albert Schott, Reclam, 1986).

Nr. 7 "Die ersten drei Jahre Christentum", Gerd Lüdemann, Klampen Verlag 2009

Professor Gerd Lüdemann hat als Forschungsgebiet unter anderem das NT untersucht und ermittelt, dass vieles in der heiligen Schrift die Handschrift und Meinung der Autoren widerspiegelt und belegt damit: Religion als Menschenwerk.

Nr. 8 Ernst Rudolf Huber, *Verfassungsrecht des Großdeutschen Reiches, 1939, S. 230,* erwähnt in Faschismus, Ernst Nolte, Edition Antaios, 203, Seite 287:

„Der Führer vereinigt in sich alle hoheitliche Gewalt des Reiches; alle öffentliche Gewalt im Staate wie in der Bewegung leitet sich von der Führergewalt ab. Nicht von „Staatsgewalt", sondern von „Führergewalt" müssen wir sprechen, wenn wir die politische Gewalt im völkischen Reich richtig bezeichnen wollen... Die Führergewalt ist nicht durch Sicherung und Kontrollen, durch autonome Schutzbereiche und wohlerworbene Einzelrechte gehemmt, sondern sie ist frei und unabhängig, ausschließlich und unbeschränkt."

Finis